시인 손병걸

시집 『푸른 신호등』과 『나는 열 개의 눈동자를 가졌다』

시집『통증을 켜다』

2005년 부산일보 신춘문예 시상식

?

2006년 구상솟대문학상 대상 수상

2013년 중봉조헌문학상 대상 수상

작가와의대화

詩・視・談・話

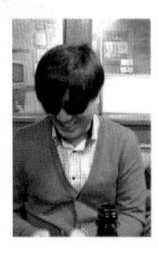

손병걸 詩人

나는 열 개의 눈동자를 가졌다

직접 보지 않으면 / 믿지 않고 살아왔다
시력을 잃어버린 순간까지 / 두 눈동자를 굴렸다
눈동자는 쪼그라들어가고 / 부딪히고 넘어질 때마다 /
두 손으로 / 바닥을 더듬었는데
짓무른 손가락 끝에서 / 뜬금없이 열리는 눈동자
그즈음 나는 / 확인하지 않아도 믿는 / 여유를 배웠다
스치기만 하여도 환해지는 / 열 개의 눈동자를 떴다

▲주최: 인천작가회의/주관: 인천작가회의 시분과 위원회　▲날짜: 2015년 5월 1일 오후 7시　▲장소: 작가의 집

손병걸 작가와의 대화에서

?

문학아카데미 강연

시낭송과 연주

열 개의 눈동자를 가진 어둠의 감시자 손병걸—**누구 시리즈 10**
손병걸 지음

초판1쇄 발행 2017년 12월 19일

지은이 손병걸
펴낸이 방귀희
펴낸곳 도서출판 솟대
등 록 1991년 4월 29일
주 소 서울시 금천구 서부샛길 606, 대성지식산업센터 b동 2506-2호
전 화 02)861-8848
팩 스 02)861-8849
홈주소 www.emiji.net
이메일 klah1990@daum.net

제작 · 판매 연인M&B 02)455-3987

값 10,000원

ISBN 978-89-85863-69-8 03810

주최 사 한국장애예술인협회

후원 문화체육관광부   한국장애인문화예술원
Korea Disability Arts & Culture Center

국립중앙도서관 출판시도서목록(CIP)

이 도서의 국립중앙도서관 출판예정도서목록(CIP)은 서지정보유통지원시스템 홈페이지
(http://seoji.nl.go.kr)와 국가자료공동목록시스템(http://www.nl.go.kr/kolisnet)에서
이용하실 수 있습니다.
CIP제어번호 : CIP2017031046

10

누구 시리즈

열 개의 눈동자를 가진
어둠의 감시자 손병걸

손병걸 지음

구원의 시인이 부르는 구원의 노래

도서출판
솟대

삶의 저울질

살아온 날들과 살아갈 날들을 저울에 올려 본다. 중심이 살아온 날 쪽으로 급격히 기운다. 언제 시간이 이렇게 흘렀을까? 이내 조심스레 기쁨의 무게와 슬픔의 무게를 올려 본다. 중심은 슬픔 쪽으로 보기 좋게 기울고 만다. 그러나 돌이켜 보면 슬픔이 슬픔만은 아니었다. 슬픔이 맑아지는 날에는 괴로움이 기쁨으로 부풀었다. 캄캄한 생활이 부푼 날엔 내 어깻죽지에서 시가 날개를 폈다. 시는 그렇게 순간순간 찾아왔다. 느닷없이 두 눈을 잃고 왔다. 더는 살 수 없겠다고 생각할 때 왔다. 자살을 시도한 동맥을 틀어막으며 왔다. 사회에서 격리된 지하방에 왔다. 꽉 닫힌 창을 비집는 바람처럼 왔다. 눅눅한 생활을 밝히는 촛불처럼 왔다. 지하방에 갇힌 벽을 뚫듯 왔다. 터질 듯한 내 심장을 찌르며 왔다. 낯선 통증을 이끌고 왔다. 극한의 희열처럼 왔다. 따뜻한 햇볕처럼 왔다. 그러나 나의 태양은 언제나 검었다. 하루가 빠르게 저물었다. 대보름 달빛조차 검었다. 어둠 속의 감금이었다. 퇴색된 어깻죽지에는 검은 싹이 돋아 검은 그늘을 드리웠다. 그 끝이 어딘지 몰라 나는 신열을 앓곤 했다. 표현되지 않는 삶을 몰랐다. 표현할 수 없는 생을 몰랐다. 긴 시간 시가 오지 않는 날엔 아팠다. 웅크린 채 굳건히 아팠다. 슬픔이 맑아질 때까지 아팠다. 내가 내게 희망을 말할 수 없다. 그러나 가슴에 품

은 꽃 한 송이를 꺾을 수 없다. 희망이란 본디 멀리 있는 것이 아니다. 살아온 날과 살아낼 삶이 통째로 희망이다. 오늘의 고통을 견디며 내일의 행복을 기다리라는 말은 옳지 않다. 지금 당장 행복해야 한다. 학창 시절 때부터였다. 내가 꿈꾸던 꿈은 물거품처럼 사라졌다. 그때가 아니면 기회는 사라졌다. 밀려드는 일들이 내 행복을 밀어냈다. 미루어 두었던 행복은 사장되고 말았다. 어찌어찌 시간이 흘러 서른 초반이 되었을 때였다. 나는 느닷없이 두 눈을 잃었다. 그때부터 입버릇 하나가 생겼다. 행복을 미루지 마라. 이때가 아니면 안 된다. 언제든지 할 수 있다는 생각은 언제든 할 수 없다는 말과 같다. 그래서 나는 기회가 바로, 지금이라고 말해 왔다. 그 이유 때문일까? 내가 한 말이 내게 돌아왔다. 문창 시절에 체험한 일이다. 지금 이 글을 쓰는 내 심경과 비슷한 경험을 한때가 있다. 쓰는 글마다 징징거리는 것 같아서 부끄러웠다. 마치 노출증 환자가 아닌가 생각했다. 그러나 어느 순간부터인가. 글 쓰는 것에 희열을 느꼈다. 용기를 내어 가감 없이 자신을 드러낼 때부터였다. 좋은 결과도 따랐다. 대한민국 최초로 시각장애인 신춘문예 등단 시인이 된 것이다. 시는 늘 그랬다. 딱 한목숨 크기만큼 다가왔다 죽을 만큼 힘이 들 때 왔다. 철저히 혼자인 나를 위로하며 왔다. 괜찮다 싶으면 시는 떠나갔다. 다시금 간절한 마음으로 활자를 새긴다. 그러나 이 활자들은 자전적 형식을 가진 글이다. 남들이 흔히 말하는 자서전이다. 내겐 조금 이른 감이 있는 글이다. 그러나 지금이 아니면 언제 또 쓸 수 있을까? 용기를 내어 이야기보따리를 풀어 놓으려 한다. 미우나 고우나 내 삶이다. 이미 멈출 수 없다. 부족해도 어쩔 수 없다. 독자에게 넓은 아량을 기대하는 수밖에 없다. 나는 도리없이 시인이다. 내 삶을 기록한 시가 이 글 곳곳에 놓일 것이다. 내게는 모든 세상이 어둡다. 그 어둠이 가장 선명한 형체이다. 높고 낮은 소리가 사물이다. 촉각이 생명이다. 미각이 생각이다. 후각이 추억이다. 시각을 뺀 나머지 감각이 우주이다. 그리하여 나는 깃털에 어둠을 찍어 백지에 그림을 그린다. 나만의 그림을 그린다. 드넓은 우주를 그린다. 세상에서 가장 선명한 묵화 한 점을 그린다.

묵화를 그리며

몸속 깊이 고인 어둠이
고이다 끝내 넘친 어둠이
돌벼루 속에서 찰랑인다

어둠보다 선명한 것이 있을까

까맣게 젖은 깃털이
여백을 지울 때
아무것도 없었던 그러니까
텅 빈 시간과 공간이 내어 준
높고 깊은 산골짝 산수화 한 점

닫힌 창을 열어젖힌 새 울음도
지난밤 어둠에 젖은 깃털을 세워
잠든 새벽을 깨우는 중인가

바람을 덧칠하는 생생한 사물들
소리의 상형문자들 내 귀를 후벼대며
더 크게 더 짙게 속속들이 채색하는

까무룩 완성된 그림 한 점 향기가 명쾌하다.

2017년 겨울
시인 손병걸

차례

초구

...

내 고향은 강원도 동해시 망상동에 있는 '초구'라는 작은 마을이다. 현재는 동해시이지만, 내가 초중고등학교를 마칠 때까지 명주군 묵호읍 망상리였다. 70년대 농촌이 그러하듯 우리 마을도 시골 중 시골이었다. 아마 서른 가구나 되었을까? 그야말로 작은 마을이었다.

강원도 하면 흔히 감자와 옥수수를 떠올린다. 틀린 말이 아니다. 우리 집도 그랬다. 감자와 옥수수는 주식에 가까웠다. 쌀밥은 읍내 부잣집 밥상에서나 볼 수 있었다. 초등학교에서는 도시락 검사를 했다. 선생님이 점심시간에 보리와 쌀이 섞인 비율을 검사한 것이다. 지금이야 말도 안 되는 풍경이지만 그때는 혼식을 나라에서 관리하는 정책을 펼쳤다. 그러나 선생님은 대충대충 했다. 굳이 검사하지 않아도 괜찮았다. 쌀밥을 도시락으로 싸 올 만한 아이들이 없었다. 어느 집이나 사정이 비슷했다. 도시락에서 감자를 덜어 내면 보리밥이 남았다. 때로는 옥수수밥이 남았다. 명절이 아니면, 쌀밥 구경하기 힘들었다. 그만큼 어려운 시절이었다.

나는 그 덕분에 감자를 그리 좋아하지 않는다. 퍽퍽한 맛이 어린 시절처럼 가슴을 답답하게 만든다. 감자밭은 경사가 심한 산기슭 또는 산허리에 있었다. 강원도 산세가 험해서 도리가 없었다. 평평한 곳은 논농사를 지었다. 일부 가파른 산에 계단식 논도 있었다.

우리 마을은 큰 산과 산 사이에 집들이 있었고 삼면이 산으로 막혀 있는 형상이어서 삼막골이라고도 불렀다. 삼면이 병풍처럼 마을을 에워싼 높은 산 산골짜기마다 물이 흘러와 마을 가운데 시냇물을 이루었다. 우리는 그곳에서 여름엔 물장구를 치며 놀았고 겨울에는 썰매를 타고 놀았다. 동네 아줌마들은 사계절 그 시냇물 가에서 빨래를 했다. 어머니도 얼음을 깨고 빨래를 했다. 그때 그 붉은 손이 아직도 눈앞에 선연하다.

사철 쉬지 못한 어머니의 손은 거칠었다. 농사와 행상 등 고생의 결과는 풍족한 살림살이로 돌아오지 못했다. 이유인즉, 밭 한 평 논 한 평이 없는 소작농이었기 때문이었다. 땅 주인에게 소작료로 수확물의 반 정도를 주고 나면 한 해 동안 먹고 살 식량이 부족했다. 누나 그리고 형 나와 여동생은 늘 배가 고팠다. 그 시절 농촌은 모두 그랬다. 가난이 가난인지도 몰랐다. 그래도 어느 집이든 크고 작은 일이 생기면 마을 사람들이 힘을 합쳐 그 일을 치렀다. 소작농이지만, 농사일도 품앗이로 해결했다. 한마디로 우리 마을은 생활 공동체였다. 십시일반 정을 나누며 살았다. 그도 그럴 것이 작은 마을이었고 한 집 건너 일가친척이었다.

우리 집도 큰집과 한마을에 살았다. 아랫마을 윗마을 혼사가 우리 부모님 세대에서는 흔한 일이었다. 우리 마을과 조금 떨어진 마을 아이들과 만나서 족보를 따져 보면 사돈이든 오촌이든 먼 친척이었다. 묵호읍 망상리 소재 초구는 아버지의 고향이고 어머니는 옥계면 양지마을이 고향이었다. 이렇듯 우리 마을을 비롯해 인근 마을들도 집성촌에 가까운 생활 공동체 마을이었다. 모내기를 하든 벼 타작을 하든 감자를 심든 감자를 캐든 옥수수를 따든 모두 모여 일했다. 굳이 노동량을 따지지 않았다. 가난했지만 마음과 마음을 나누던 마을이었다. 따뜻한 사람들이 사람답게 살아가던 마을이었다.

그러나 지금은 돌아갈 수 없는 그리운 마을이 되었다. 대대로 내려오던 아름다운 풍경이 사라진 마을이 되었다.

감자

오뉴월 서리 같은 감자꽃 지면
온 식구 비알밭에 쭈그리고 앉아
감자를 캤다

울퉁불퉁한 감자 마당에 쌓아 놓고
튼실한 씨감자 먼저 골라
광에 모셔 두면
그날 이후 삶은 오직 삶은 감자였다

새소리 부산한 산골짝 아침밥이 감자
교실 한 귀퉁이에서 먹던 점심밥이 감자
매캐한 모깃불 연기 피어오르는 마당에서
멍석 위에 둘러앉은 식구들 저녁밥이 감자

도토리만한 감자들은 항아리에 담아 놓고
썩어 가는 냄새에 코를 막던 우물가에서
정갈히 씻은 제기에 담아 올린 감자떡처럼
죽어서도 살아서도 감자 감자

기꺼이 제 살점 뚝 떼어 새파란 싹 틔우고
하얗게 만개한 오뉴월 꽃 다 지면
마른 줄기들 거름이 되는 감자밭 이랑처럼
어느덧 골이 깊게 파인 내 이마도
감자꽃 지는 팍팍한 오후 두 시러니

목멘 내 속을 속속들이 파헤치면
뼛속까지 뿌리내린 탱탱한 감자 알알이 박혀 있다

사실 우리 형제는 5남매였다. 내가 아주 어릴 때 바로 위에 누나가 있었다. 그러나 내가 태어나기 전 하늘나라로 갔다. 우연히 그 사실을 알게 된 나는 어머니께 누나에 대해 질문을 자주 했다. 그러나 어머니는 그때마다 대답을 꺼리셨다. 그래서 구체적으로는 모르나 큰어머니에게 들은 바로는 두 살 무렵이었고, 병명은 홍역 때문이라고 했다. 가끔, 하늘나라로 간 누나가 생각난다. 얼굴 한 번 못 본 누나가 생각난다. 치료 한 번 제대로 받지 못하고 하늘나라로 간 누나가 생각난다.

그런데 우리 누나뿐만이 아니다. 우리 마을에는 어머니처럼 여러 아주머니도 겪은 일이다. 그래서 우리 동네 어른들은 호적을 일부러 빨리 올리지 않았다. 누나와 형도 늦었고 나도 늦었다. 물론 여동생도 제때 출생신고를 하지 못했다. 다행히 제 나이로 호적이 되어 있으나 생일은 다소 틀리기도 했다.

어머니 말씀에 의하면, 다른 형제는 그러지 않았으나 나는 심하게 앓았다고 한다. 갓난아기 때 몸이 매우 약해서 하늘나라로 간 누나처럼 될까 봐 부모님이 대단히 조심해서 키웠다고 한다. 서너 살까지 크고 작은 병치레를 했다 한다. 다섯 살쯤이었을까? 그때부터 다행히 몸이 좋아졌다 한다. 그러나 잔병치레 끝에 생긴 편식은 오랜 시간 이어졌다 한다.

무의식일까? 어린 날에 기억은 희미하지만, 하늘나라로 먼저 간 누나가 꿈에 나타나곤 한다. 그런 날이면 한참을 책상 앞에 앉아 있곤 한다. 내 가슴에 새겨진 어린 누나를 향해 문장을 꾸리기도 한다.

홍역

서너 살짜리 아이의 얼굴을 만지다

손바닥이 쩍 들러붙는 바람에
가위에 눌린 잠에서 깨어난 아침

소고기미역국 냄새 부침 냄새
산나물 반찬 한 상 차린 밥상 들이시며
골고루 먹으라는 말 꼭꼭 씹어 먹으라는 말
남기지 말라는 말 말 말 한 무더기 부려 놓고
산기슭 집 뒤란 비알밭을 오른 엄마

오뉴월 뙤약볕 아래
곱게 빤 뼛가루 같은 감자꽃 꽃잎들이
하얗게 하얗게 쌓이는 이랑에서
오래된 무덤밭을 파헤치듯
가슴속에 묻은 돌감자를 캐는 엄마

이맘때면 뜬금없이 꿈에 나타나는
한 번도 본 적 없는 어린 누이 눈동자에서
붉은 꽃봉오리 꽃물 확확 번지듯
햇살 핏줄 낭자한 아침이 열리곤 한다

오징어배

...

누나를 가슴에 묻은 어머니의 고생은 끊임이 없었다. 우리 4형제는 빠르게 성장했고 식욕이 늘어갔다. 교육비도 점점 늘어갔다. 지금은 사라지고 없지만, 그 당시에는 초등학교에 육성회비가 있었다. 물론 제 때 내 본 적이 없었다. 소작농으로는 도저히 감당할 수 없는 금액이었다. 그래서 어머니는 산나물들을 시장에 내다팔았다. 때로는 각종 채소를 담은 대야를 이고 행상을 나섰다. 계절마다 수확한 과일도 시장에 내다팔았다.

어머니는 잠시도 쉬지 않았다. 겨울에는 쥐포 공장에 출근했다. 사시사철 어머니의 노동 강도는 대단했다. 손바닥은 참나무 껍질처럼 딱딱했다. 아버지도 마찬가지였다. 닥치는 대로 일했다. 농사일을 하면서 막노동과 오징어배를 타고 탄광에서도 일했다.

그러니까 가을 추수가 끝날 때쯤이었다. 아버지가 오징어배를 탔다. 초겨울 밤바다는 대단히 추웠다. 그러나 수평선을 환히 밝히던 오징어배 집어등은 열기가 대단했다. 한겨울에도 런닝만 입고 밤새도록 땀을

뻘뻘 흘리며 오징어를 잡아야 했다. 비단 집어등 때문만은 아니었다. 오징어잡이는 그야말로 힘든 일이다. 오징어잡이는 그물을 던지는 것이 아니다. 낚시로 잡는다. 오징어 낚싯바늘은 다른 낚싯바늘과 달리 무섭게 생겼다. 둥글고 긴 모양의 형광물질을 에워싼 쇠바늘 수십 개가 갈고리 모양으로 되어 있다. 그 낚싯바늘을 긴 줄에 적당한 간격으로 묶어서 큰 물레 틀에 감는다. 물레 틀을 갑판에 고정하고 바닷속으로 낚싯줄을 드리운다. 그러면 불빛을 좋아하는 오징어들이 집어등을 향해 모여든다. 반짝이는 형광 물질을 먹이로 알고 입질을 한다. 한마디로 오징어들이 불빛을 좋아하는 습성을 이용해 오징어를 잡는 것이다. 오징어들이 몰려온 그때를 놓치지 말아야 한다. 낚싯줄을 드리웠던 물레 손잡이를 한 손으로 빠르게 감아야 한다. 오징어잡이 물레에 대해 이해를 돕기 위해 비유하면 연날리기 때 쓰는 물레보다 훨씬 큰 모양을 떠올리면 된다. 아무튼, 오징어들은 낚싯바늘에 걸려서 배 위로 올라온다. 일명, 훑이기 낚시법인데 남은 한 손은 낚싯바늘에 걸려 올라오는 오징어를 빠르게 떼어 내어야 한다. 줄을 감는 속도가 느슨해지면 곤란하다. 오징어가 바늘에 걸렸다가도 떨어지기 때문이다. 풍어일수록 일은 곱절로 힘들어진다. 오징어를 담은 큰 상자들이 밤새 늘어 간다. 수평선을 밝힌 오징어배들을 보는 관광객들은 그저 아름다운 풍경으로 여긴다. 그러나 그 수평선 오징어배에서는 밤새 땀이 비 오듯 쏟아진다. 이마에는 소금알갱이들이 서걱거린다. 짙은 어둠이 점점 옅어지는 시간이 되면 오징어배는 묵호항으로 돌아온다.

새벽에 묵호항 선착장에 펄떡거리는 오징어를 부려 놓은 것을 본 적이 있는가? 선착장은 그야말로 장관을 이룬다. 바닷가에 사는 아주머니들은 허리에 서슬 퍼런 칼 한 자루씩 차고 다닌다. 선착장에서 어획물들을 다듬기 위해서이다. 오징어는 물론 다른 고기잡이배도 많다. 그 고기들을 손질할 때 갈매기들은 그 고기 창자를 먹기 위해 모여든다. 묵호항은 새벽마다 짜디짠 삶의 현장이 된다. 아버지가 밤새 오징어배를 타고 집으로 돌아올 때였다. 아버지의 양손에는 그 싱싱한 오징어를 담은 봉지가 들려 있었다. 그날은 오징어를 배불리 먹는 날이었다. 그렇게 아버지는 농사일과 오징어잡이를 함께했었다. 아버지 친구들도 그러했었다. 그 시절 내 고향엔 농사일과 바닷일이 계절마다 이어졌다. 고생만 했던 부모님을 떠올리면 가슴께가 아려 온다.

그러나 내 고향 동무들과의 추억은 지금도 그립기만 하다. 아침에 방문을 열면 발아래 푸른 바다가 보였다. 그 푸른 바다 빛깔처럼 우리 마을에는 푸른 소나무가 많았다. 가끔 그 고향을 생각하며 고층 아파트에서 솔잎차를 마실 때가 있다. 따뜻한 온기가 입안에 번져갈 때가 있다. 짭조름한 기억이 스멀스멀 피어오를 때가 있다. 한 모금 한 모금 삼킬 때마다 내 고향 바다의 짜디짠 바닷물이 목젖을 훑어갈 때가 있다.

소나무 숲이 우거진 뒷산에서 친구들과 자주 놀았다. 멀리 보이는 금빛 모래밭에서도 자주 놀았다. 그곳이 바로, 드넓은 모래밭을 가진 망상해수욕장이다. 모래가 곱고 긴 해변 때문에 한여름엔 인파가 가득했다. 계절마다 일출 또한 장관이었다. 순식간에 수평선에서 해가 솟구쳤다. 푸른 바다가 붉게 물들었다. 동해의 일출은 언제나 핏빛이었다.

망상해수욕장뿐만이 아니었다. 해수욕장은 동해안에 즐비했다. 망상을 중심으로 북쪽에는 옥계, 안인, 정동진, 강릉 경포대, 사천, 주문진 양양, 속초가 있고, 남쪽으로는 북평, 삼척, 울진, 영덕, 포항, 울산이 있었다. 하나의 해안선으로 이어진 아름다운 동해의 일출이 다르지 않듯 동쪽 바닷가에는 비슷한 특징이 많다. 그 푸른 바다 맑은 물빛과 태백산맥이 나란히 마주 보고 있는 생활이 있다. 마치, 산과 바다가 서로 숟가락질해 주는 것 같은 풍광이었다.

술잔 속의 얼굴들

빌딩 숲속 포장마차에 앉아
소주 한 잔 앞에 놓고 보니
그리운 얼굴들 있다

노릇노릇 구워진 노가리 질겅거리며
밤새 아무 말 없이 마주앉아 있어도
한없이 좋을 것 같은
그래 주먹도 무지 센 가시나와
유독 삐치기 잘하던 그 녀석까지
왈칵왈칵 그립구나 보고 싶구나

탈곡기 소리 동네를 흔들던 날

소똥 즐비한 논둑길 메뚜기 뛰놀 때
논바닥에서 잠자리와 나눠 먹던 새참과
밤바다 배 위에서 펄떡거리던 오징어 노래미
싱싱한 미역 다시마 해삼 멍게 조개까지
바다와 산이 서로 숟가락질해 주던 그곳

지금쯤은 흰머리카락이 성성할
새침데기 단발머리 왈가닥 가시나
고무신 까까머리 시커먼 얼굴 머슴아
그래 내 어린 날 어깨동무 친구들아
어느 도시 어느 하늘 아래에서
알싸한 소주 한 잔 들이켜고 있는가

빌딩 숲속 바람은 자꾸만
달아오른 귓불을 부드럽게 어루만지는데
산마을 고향 바다에서 날아온 바람일까

몸속에 오래 갇힌 바다에 잔물결이 일렁인다

새터

...

어느 날이었다. 아버지가 소작농을 거두고 묵호읍 곁에 있는 도계읍으로 거처를 옮겼다. 탄광에 취직한 것이었다. 소작농보다 수입이 좋은 탓이었다. 오징어배를 타지 않는 겨울에만 다니던 탄광이었다. 그런데 아예 거처를 옮겨 광부가 된 것이다. 수백 미터 갱 속에서 아버지는 석탄을 캤다.

1970년대 우리나라 주 에너지원이 석탄이었다. 전국적으로 탄광이 많았다. 그중에서도 높고 긴 태백산맥에는 특히, 더 많은 탄광이 있었다. 푸른 소나무 숲이 우거진 내 고향 초구를 떠나 거처를 옮긴 도계에는 얼마나 많은 석탄가루가 날려 다녔는지 시냇물도 시커먼 색깔이었다. 신발도 고무신을 신고 다녔는데 몇 걸음 못 가 발바닥까지 시커멓게 물들었다. 옷도 마찬가지였다. 손톱 밑도 항상 시커멓게 물들었다. 빨랫줄에 빨래도 검은 먼지를 뒤집어쓰기 일쑤였다. 그때를 기억하면 마을 전체가 온통 검은색투성이였다. 행여 도시에서 도계에 있는 친척 집에 오는 아이들이라도 만나면 창피하기 그지없었다. 시커멓고 낡은 옷

차림 때문이었다. 버짐투성이 얼굴도 한몫했다. 그 아이들의 하얀 피부와 차이가 나도 너무 심하게 났다. 미취학 아동 때인 그때의 기억이 이렇듯 선명한 것은 그 동네가 정말 싫었기 때문이다. 그래서일까? 내 투정과 상관이 있었을까? 잘 모르겠지만, 몇 년 못 가 우리 집은 다시 초구로 돌아왔다. 아버지는 이번에는 산기슭 밑에 축사를 만들었다. 무슨 돈이 있어 소를 키웠겠는가. 서울에서 큰집이 소를 샀고 아버지가 대신 소를 키워 준 것이다. 살림살이에는 도움이 안 되는 일이었다. 결과가 그러했다.

소도 키우고 소작농을 한다고 해서 아버지가 탄광 일을 아예 안 한 것이 아니다. 겨울철에는 우리 동네와 가까운 탄광에서 계속 광부 일을 하셨다. 일을 다녀오신 날에는 옷에서 시커먼 가루가 털어도 털어도 나왔다. 석탄 가루는 집요했다. 하루에 한 벌씩 아버지의 빨래가 쌓였다. 어머니는 우리 형제 옷들과 아버지의 옷들을 함께 빨았다.

그런데 빨래가 마른 뒤 문제가 생겼다. 우리 형제 옷에 검은 석탄 물이 든 것이었다. 정말 지독한 석탄 가루였다. 그때마다 나는 고분고분하지 못했다. 사리분별을 못하는 망아지였다. 아버지의 고생보다 원망이 앞섰다. 학교에 가지 않겠다고 투정을 부렸다. 지나쳤다. 너무 심했다. 다른 형제보다 나는 성질이 참 못된 자식이었다. 시커먼 석탄처럼 내 속은 검게 물들었다. 철이 없어도 너무 철이 없었다. 유년기 내내 그랬다. 가난을 향한 원망이 점점 검게 물들었다.

세월이 지나 머리가 굵어졌다. 그래도 그 원망은 말끔히 씻기지 않았다. 꽤 많은 세월이 내게 필요했다. 군 생활을 마칠 때쯤이었다. 그때야

간신히 아버지를 이해할 수 있었다. 그러나 이해 정도로는 내 안에 거하는 아버지와 진심으로 화해하지 못했다. 진정으로 내 안에 계신 아버지와 화해한 것은 아버지가 세상을 떠나시려 할 때였다. 정말 때늦은 그때였다. 아버지가 돌아가시고 아버지의 삶이 고스란히 내 몸으로 느껴졌다. 나는 그날을 잊지 못한다. 아버지의 묏자리를 보며 아버지 인생을 꼼꼼히 더듬어 보았다. 내 상처의 발원지 그 탄광촌의 기억을 더듬어 보았다. 사시사철 시커먼 동네를 떠올려 보았다. 아버지 또한, 상처투성이였을 그 탄광촌을 떠올려 보았다. 아무것도 몰랐던 내 어린 날을 떠올려 보았다. 캄캄한 갱 속 석탄가루를 떠올려 보았다. 숨이 턱턱 막혔을 아버지 호흡을 떠올려 보았다. 자식들을 위해 멈추지 않은 시커먼 삽질을 떠올려 보았다. 그때는 도저히 알 수 없었던 자랑스러운 나의 아버지를 떠올려 보았다. 그토록 시커먼 마을을 사람들이 새터라고 불렀던 이유를 떠올려 보았다.

새터

검은 먼지 휘날리고
검은 물 흐르고
검은 해 떠오르던
이곳을 새터라고 불렀어

새로 전학 온 아이

새로 이사 온 아낙
새로 사 입은 옷
모두 금시 검은 헌 것이 되는데
우리는 이곳을 새터라고 불렀어

밤낮없이 동네 아줌마들
헌옷 빨래를 해댔고
이 잡듯이 동네를 뒤져 봐도
새것이라곤 찾아낼 수 없었던
이곳을 새터라고 불렀어

수백 미터 갱도 안에서
달빛 아래 몰려나온
동네 아저씨들이 역 앞, 전방에서
새터의 꿈이 막걸리에 익어 갔으니

이곳이 새터는 새터였나 봐
나도 그렇고
내가 아는 사람들도
여전히 다 새터라고 부르지

아버지

...

　일곱 살 때였다. 아이들과 칼싸움 놀이를 할 때였다. 탄광과 역을 연결한 철로가 있었다. 갱도를 빠져나와 석탄 열차 위에서 삽질하는 아버지 눈과 딱 마주쳤다. 아버지는 얼굴은 물론 온몸이 시커먼 먼지에 휩싸여 있었다. 그러나 나는 눈빛만 봐도 아버지임을 쉽게 알 수 있었다. 그런데 이상했다. 아버지 눈빛을 보는 순간, 온몸이 굳어 버렸다. 어린 마음에 사람이 아닌, 짐승의 눈빛 같아서 무섭게 보였다. 그땐 그랬다. 자식들을 위해 고생하시는 아버지 걱정보다 내 생각만 했다. 어린 나이였기 때문이라고 변명할 수 없다. 분명히 스스로 반성할 일이 있다.

　나는 학교에 다니면서 제일 두려운 일이 하나 있었다. 학교에서 부모님을 모셔 오라는 말이었다. 몇 차례 나는 학교에서 사고를 친 적이 있다. 학교에 부모님이 다녀가실 땐 꼭 잘못한 일이 있을 때였다. 좋은 일로 부모님이 다녀가신 적이 한 번도 없다. 매번 집에 가면 혼날 생각에 두려운 것도 있었지만, 그보다도 나는 부모님의 모습을 친구들이 볼까 봐 두려웠다. 부모님은 언제나 너무나도 남루한 모습이었다. 나는

군복무 시절

학창 시절 내내 부모님이 학교에 올까 봐 염려했다. 친구들의 부모들과 별반 다르지 않았다. 그래도 나는 싫었다. 시골 마을에 총체적인 가난이 싫었다. 어린 마음에 일기장에 이렇게 쓴 적도 있다. 내가 크면 무조건 돈 많이 벌 거라는 내용이었다. 그 생각은 남몰래 고백한 일기장에서 멈추지 않았다. 돈 많이 벌 거라는 말을 입에 달고 살았다.

지독한 가난은 나를 줄곧 따라다녔다. 고등학교를 마치고 내 나이 스물이 넘자. 영장이 나왔다. 현역 1급 판정을 받았다. 어찌어찌 나는 특공대에 차출되었다. 훈련은 이루 말할 수 없이 힘들었다. 특수훈련이 연일 이어졌다. 낙하산 훈련, 특공무술, 천리 행군, 생존훈련, 동계훈련, 수영교육, 헬기 레펠, 그 외에도 수많은 훈련을 받았다. 어느 훈련 하나 쉽지 않았다. 목숨을 건 훈련이었다. 강원도 인제군 가리산에 있었던 우리 부대는 사방이 산으로 에워싼 요새였다. 정말 힘들고 외로운 군 생활이었다. 고난도 훈련은 전역 직전까지 이어졌다. 결국, 전역할 무렵에 관절에 이상이 생겼다. 온몸에 무리가 온 탓이었다. 염증이 심해졌다. 통증이 심했다. 전역하면 괜찮아지겠지 생각하며 집으로 돌아왔다.

그러나 편안히 쉴 시간이 없었다. 사회생활을 해야 했다. 취직이 필요했다. 시골에서 일자리를 얻을 수 없었다. 젊은이들은 모두 도시로 나갔다. 나도 서울로 올라갔다. 전역 때 전우신문에서 구인광고를 본 기억을 떠올렸다. 서울에 사는 사촌누나 집에 가방을 풀었다. 그리고 을지로에 있는 한국안전시스템주식회사에 취직했다. 특수부대 출신이어서 도움이 되었다. 태권도 단증과 특공무술 단증 그리고 특수훈련을 받은 점을 높게 평가해 주었다. 회사에 다니면서 어려운 살림살이를 꾸

려온 부모님의 마음을 조금은 이해할 수 있었다. 그러나 돌이켜 보면 생각만 그러했지 행동으로 보답한 기억이 별로 없다. 아버지와 어머니의 고된 노동으로 우리 형제는 이른바 고등교육까지 마칠 수 있었다. 물론 형제들도 제각기 아르바이트를 하거나, 장학금으로 부모님의 어깨를 조금 덜어 주었다. 누나는 내가 군 생활 중에 결혼했고 동생은 대학생이 되었다. 형은 내가 입대한 후 얼마 지나 전역을 했다. 나름대로 잘 성장한 형제들은 나처럼 집을 떠나 생활했다.

그런데 큰 불행이 우리 집에 닥쳐왔다. 내가 군대 생활을 할 무렵에 아버지가 풍을 맞고 쓰러졌다. 구안와사와 함께 온몸에 심한 마비가 왔다. 나는 전역을 하고서야 그 사실을 알게 되었다. 그나마 다행히 조금 좋아지셨는데 정말 큰일이 생겼다. 암이 발병한 것이다. 많은 고통이 있었겠으나 아버지는 혼자 끙끙 앓으셨다. 지금이야 초기에 발견하면 암을 치료할 수 있다지만 그 당시에는 암에 걸리면 대부분 생을 마감했다. 병원에 찾아갔을 땐 이미 늦어 버렸다. 병원에서 손쓸 수 있는 것이 없다고 했다. 아버지는 집에서 투병했다. 투병도 만만치 않았다. 필요한 의료기기 때문에 돈이 필요했다. 어머니는 예전에 다니던 쥐포 공장을 다녔다. 퇴근 후에는 밤늦도록 아버지 병간호를 했다.

그러던 어느 날이었다. 형에게서 연락이 왔다. 아버지가 도저히 통증을 견디지 못해 원주기독병원에 실려 가셨다는 것이었다. 나는 황급히 원주로 향했다. 병실에 들어서니. 하얀 침대 위에 아주 조그만 노인 한 분이 누워 있었다. 처음에 아버지가 아닌 줄 알았다. 몸은 그야말로 작디작았다. 더구나, 갈비뼈와 온몸에 뼈가 드러나 있었다. 그 뼈들이 마치 푸석푸석한 살가죽 부대에 담겨 있는 것 같았다. 나는 이내 그 모습이 아버지임을 알게 되었다. 침대 앞에 적힌 이름 때문이었다. 갑자기 눈물이 확 쏟아졌다. 행여 아버지가 볼세라 그 눈물을 닦았지만, 계속 솟구치는 눈물을 참을 수가 없었다. 내 모습을 본 형이 병실 밖에 가서 진정하고 들어오라고 했다. 병실을 빠져나온 나는 한참 뒤에 병실에 다시 들어설 수 있었다. 형은 말했다. 이미 병원에서 아무것도 할 것이 없다고 했듯 통증을 가라앉히는 주사액만 투입하고 있다는 것이었다.

나는 형의 말을 들으며 잠드신 듯한 아버지의 곁에 가서 앉았다. 그리고 아버지의 손을 살며시 잡았다. 그때였다. 아버지가 힘겹게 두 눈을 뜨고 내 눈을 올려보았다. 그 순간이었다. 어린 날 친구들과 칼싸움을 한 전쟁놀이가 떠올랐다. 석탄 열차 위에서 삽질하시던 아버지의 눈빛이 떠올랐다. 그 시커먼 눈빛이 떠올랐다. 짐승처럼 번뜩이던 그 눈빛이 떠올랐다.

눈빛

아이들과 칼싸움 놀이를 할 때였다
갱 속을 빠져나온 석탄 열차 위에서
삽질하시던 아버지 눈과 딱 마주쳤다
시커먼 눈빛
일순 내 온몸이 딱딱하게 굳어 버린 사이
나는 적의 칼을 맞고 죽었다

일곱 살짜리 병정의 어이없는 죽음은
유년기 내내 망령처럼 뒤따랐다
나는 한 시절을 갱 속에 묻어 버리고
다시는 그 마을로 돌아오지 않기로 했다
그날 밤 내가 묻힌 무덤 속에
빛나던 삽도 몰래 묻었다

나 아버지 적 나이가 되었다
검은 먼지 여전히 날리는 마을에 돌아와
키 작은 미루나무 한 그루를 심는다
삽질 소리 막힌 갱을 마저 파헤치듯
미루나무 칼날이 검은 바람을 가르는 밤
오늘 밤은 그냥 밤이 아니다
빛나는 아버지 눈빛 닮은 별들이
오롯이 부활하는 밤이다
용맹스러운 함성 이글거리는 눈빛
씩씩한 일곱 살짜리 병정도
흙먼지를 털어내며 부활하는 밤이다

푸른 뼈

...

　병원에서는 연거푸 퇴원을 권했다. 도리가 없었다. 아버지를 모시고 고향으로 향했다. 차는 원주 기독병원을 빠져나와 영동고속도로를 달렸다. 아버지는 내 어깨에 몸을 기댄 채 몹시 괴로워했다. 통증이 엄청난 모양이었다. 운전하는 형 대신 나는 아버지를 품에 꼭 안고 차창 너머 풍경을 보았다.

　참 슬픈 봄이었다. 대관령을 내려올 때쯤 본 진달래 군락이 지금도 선명하다. 산꼭대기를 향하는 진달래들의 모습이 생사를 넘나드는 아버지 모습과 겹쳐 보였다.

　서럽기 그지없었다. 달리는 차 안에서 나는 속으로 연방 기도했다. 하나님을 찾았다. 한 사람의 생이 어떻게 고생에 고생만 하다가 끝날 수 있는가. 아버지의 인생이 안쓰럽고 불쌍했다. 남루한 모습 때문에 아버지를 부끄러워했던 내 모습이 떠올랐다. 그러나 아버지께 차마 말씀드리지 못했다. 속으로만 죄송하다는 고백을 수없이 되뇌었다. 미리 퇴원 소식을 전해 들은 어머니가 아버지를 맞이했다. 형은 내게 서울로 돌아가라 했고 형은 아버지 곁에 남겠다고 했다. 그러나 형과 나는 다시 서울로 올라가야 했다. 무작정 직장을 안 나갈 수는 없었다. 아버지도 서둘러 올라가라 하시고 어머니도 어서 올라가라고 종용했다. 무거운 마음으로 서울에 올라온 후에도 내 기도는 이어졌다. 그러나 허사였다.

집으로 모신 지 몇 달 후 아버지는 지상에서의 마지막 인연을 거두셨다. 아버지는 자식들에게 누가 된다며 어머니께 자신의 고통을 전하지 말라고 하셨다. 최후까지 자식들을 염려하셨다. 아버지 사망 소식을 전해 듣고 고향으로 내려갈 때였다. 나는 숨이 잘 안 쉬어졌다. 가슴께가 먹먹했다. 아버지는 무능력자라고 생각한 시간이 떠올랐다. 너무도 죄송했다. 철이 없던 내 생각이 한없이 죄송했다. 더구나, 임종을 지키지 못한 탓에 눈물이 자꾸 흘렀다. 아버지를 초구 삼막골 큰집 뒷산에 모시기로 했다.

그해 여름은 정말 더웠다. 공동체 마을이었던 동네 사람들이 꽃상여를 매었다. 동네 구석구석을 돌았다. 아버지의 추억이 서린 곳마다 들렀다. 종내엔 꽃상여가 뒷산에 이르렀다. 꽃상여를 맨 사람들은 전신이 땀에 흠뻑 젖어 있었다. 우리 가족도 땀이 비 오듯 흘렀다. 아버지를 보내는 눈물이 그 땀과 범벅이 되었다. 현기증이 심하게 일었다. 동네 사람들은 아버지 관을 안착시켰고 봉분을 만든 후 떼로 덮었다. 어머니는 동네 사람들이 다 내려간 뒤에도 그 푸른 봉분을 한참 동안 어루만졌다.

푸른 뼈

동해가 훤히 보이는 산 중턱
스무 해가 넘은 아버지 묏등을 허문다
목관 수의 살점 하나 없어도
여전히 지상에 남아 있는 노동인 듯
아비이어서 썩지 못한 단단한 뼈
부드러운 솔로 흙을 털어낸 뒤
하얀 광목 위에 가지런히 모시니
먼 기억 속, 아버지 일생 올곧다

진종일 가난을 짊어지고 등골이 휜
옹고집 날들을 떠올리며 불길로 태운 뒤
곱디곱게 빤 뼛가루
우리 형제자매가 한 줌 한 줌 산꼭대기에 흩어 놓으니
하늘이 대신 알고 빗방울을 떨어내며
젖어 가던 풀잎들 화들짝 일어선다

살아 있어 시퍼런 몸들
문득문득 빗방울 떨어내며
목멘 일상을 적실 날 있겠지만
때가 되면 모두

저 짙푸른 바다로 흘러가리니

빗물과 황토에 섞인 뼛가루
산비탈에 찍힌 발자국들
주춤주춤 그러모아 바다로 흘러갈 때
먹구름 지나간 하늘 골똘히 높아 가고
모가지 길게 빼고 구경하던 나무들
여지없이 그렁그렁 푸르다

마지막 출근

...

아버지를 하늘나라로 보낸 후 우리 형제는 저마다 제자리로 돌아가야 했다. 어머니는 혼자 고향에서 생활하셨다. 형이 서울로 모시려 했으나 완강히 거부하셨다. 평생 시골에서 사신 분이 서울에서 어떻게 사실 수 있겠느냐고 누나가 엄마의 의견에 힘을 보탰다. 나도 그렇고 여동생의 의견도 그래서 시골에 사시는 것으로 결론이 났다. 명절 때면 내려갈 고향이 있다는 것도 좋은 점이라며 형도 결국 어머니의 뜻에 따랐다.

나는 서울로 올라와 다시 바빠졌다. 직장생활이야 누구나 겪는 일이지만 내가 바빠진 이유는 따로 있다. 서울에서 다니던 한국안전시스템(SECOM)을 그만두고 선배를 도와 신문사에서 일을 시작했기 때문이다. 새벽부터 늦은 밤까지 일했다. 초창기 회사이어서 일은 대단히 많았다. 배포부터 편집제작, 인쇄 그리고 광고 영업까지 몸이 열 개라도 부족한 실정이었다. 다행히 회사는 승승장구했다.

그런데 내게 불행의 징조가 드리우기 시작했다. 시력 상실의 증상이

딸을 재우려다 잠든 모습

나타나기 시작한 것이다. 그날도 어김없이 차를 몰고 출근길에 올랐다. 계기판에 뿌연 먼지가 보였다. 도로 옆으로 차를 정차하고 계기판을 걸레로 닦았다. 그러나 잘 닦이지 않았다. 계기판 안쪽에 낀 먼지라고 생각했다. 나중에 닦기로 하고 다시 출발했다. 전면 유리창에도 뿌연 먼지가 보였다. 이리저리 시선을 던져 보았다. 모든 사물에 먼지가 묻어 있었다. 나는 안과를 찾았다.

그 후 몇 차례 통원 치료를 다녔다. 그러나 여전히 눈앞에 뿌연 먼지는 나를 괴롭혔다. 의사는 종합검진을 권했다. 도대체 병명이 무엇이냐고 물었다. 그러나 의사는 정확한 답변을 하지 않았다. 약 1개월의 통원 치료를 하고서 이제 와 큰 병원을 이야기한다는 것이 화가 났으나 어쩔 수 없었다. 종합병원에서 검진을 마쳤다. 결과를 기다렸다. 그 사이에도 눈앞이 하얗게 보이는 횟수가 늘어 갔다. 두려운 마음이 증폭되어 갔다.

몇 달 못 가 나는 운전을 할 수 없었다. 그래도 출근을 포기하지 않았다. 가족은 물론 직원들에게도 감췄다. 자연 치유 능력을 믿었다. 그러나 도저히 통증을 견딜 수 없었다. 정상적인 안압 수치는 8~12 정도이다. 그러나 나는 염증이 일기 시작하면 50까지 올라갔다. 깨질 듯 머리에 통증이 밀려왔다. 결근이 자연스럽게 많아졌다. 보다 못한 가족의 강력한 요구가 있었다. 결국, 치료 때문에 직장을 그만두었다. 한동안 병원을 오가며 집에 머물렀다. 시력이 좋아지지 않았다.

그러나 이대로 포기할 수 없었다. 나는 아이와 아내가 있는 가장이었다. 신문사에 다닐 때 알게 된 지인에게 취업을 부탁했다. 신문사를 운영했던 경험이 도움 되었다. 모 신문사 지점장으로 일자리를 얻었다. 양복을 다시 입고 넥타이를 다시 맨 것이 오랜만이었다. 심장박동이 빠르게 뛰었다. 의욕이 넘친 탓이었을까? 시력이 점점 더 희미해졌다. 그래도 티를 낼 수 없었다. 어떻게 얻은 일자리인데 포기할 수 없었다. 다시 집안으로 갇힐 수 없었다.

그날도 새벽밥을 먹고 집을 나섰다. 버스정류장에는 출근하려는 사람들의 길이 길었다. 어둠을 뚫고 오는 마을버스를 타고 눈을 굳게 감은 채 한 시간을 달려서 역곡역에 내렸다. 차들이 빽빽한 사거리 건널목을 건너 전철 입구로 향했다. 귀를 최대한 쫑긋 세우고 앞사람 발소리를 따라 계단을 올랐다. 열차 안에서 잘 안 보이는 두 눈 때문에 사람들에게 오해를 받을까 봐 아예 질끈 감았다. 전철은 금세 개봉역에 도착했다. 비좁은 개찰구에 몸을 디밀어 빠져나온 후 마을버스 승강장과 택시 승강장을 향하여 사람들이 구름같이 쏟아져 나왔다. 쌀쌀한 날씨에 비해 햇살은 따뜻했다.

그러나 눈부심은 나를 괴롭혔다. 그때, 마을버스가 나의 오른쪽 어깨를 툭 치고 지나갔다. 사람들이 웅성거렸다. 내가 균형을 잃고 휘청거렸기 때문이었다. 그러나 나는 얼른 균형을 잡고 아무 일이 없었다는 듯 외투를 툭툭 털었다. 그리고 택시 승강장으로 발걸음을 옮기려 했다. 그런데 버스 기사가 나를 불러 세웠다. "이 양반이 미쳤나?" "눈을 똑바로 뜨고 다녀야지." 나는 무시해 버렸다. 싸우고 싶지 않았다. 그저 웃으며 돌아섰다.

그러나 머리가 핑 돌았다. 갑자기 그 자리에 털썩 주저앉았다. 몸이 왜 이럴까? 창피한 마음이 앞섰다. 나는 몸을 재빨리 일으켰다. 수많은 시선이 감지되었다. 나는 그 시선이 두려웠다. 그만큼 속도를 내어 택시 승강장으로 발길을 내디뎠다. 택시를 기다리는데 실내에 사람이 타고 있는지 비어 있는지 알 수 없었다. 무작정 문을 열고 타려는 순간, 택시 기사가 버럭 화를 냈다. 이미 손님이 타고 있었기 때문이었다. 난감해하는 내 모습을 본 걸까? 뒤에 서 있던 택시기사가 나에게 소리쳤다. 얼른 올라탄 택시가 이내 목적지에 도착했다. 나는 택시비를 내고 내렸다. 그러나 어디가 어디인지 알 수 없었다. 조리개가 닫히지 않았다. 햇빛이 강렬했다. 온통 빛이 사물을 가렸다. 갑자기 속이 메슥거렸다. 두 눈을 손바닥으로 가리고 그 자리에 쭈그리고 앉았다.

잠시 후 천천히 손바닥을 눈에서 떼었다. 내가 가야 할 지하도 계단이 희미하게 보였다. 남부순환도로 지하도를 건너면 바로 앞 건물이 사무실이었다. 조심조심 발걸음을 옮겼다. 계단이 부분적으로 파손되어 있었다. 무너지는 균형을 잡으며 계단을 다 내려왔을 때였다. 지하차도 통로 앞에서 어둠이 주춤거리고 있었다. 하나도 안 보이는 어두운 지하차도의 벽을 손으로 짚고 걸었다.

조리개가 망가진 탓에 빛과 어둠을 자유롭게 조절하지 못하여 어둠에서 빛으로 빛에서 어둠으로 공간을 이동할 때 시력이 완전히 사라질 것이라고 의사에게 들은 바가 있었다. 천천히 아주 천천히 지하도를 걸으며 힘든 출근을 얼마나 이어 갈 수 있을까 걱정이 밀려왔다. 드디어, 지하도 끝 지점에 다다르면서 한꺼번에 쏟아지는 햇빛으로 부옇게 시야가 가려졌다. 세상이 온통 하얗게 타 버리는 것 같았다.

겨우겨우 계단을 올라 건물 입구로 들어섰다. 4층 사무실 손잡이를 잡기 전 옷매무시를 고쳤다. 직원들에게 내 증상을 눈치채게 하면 곤란하다고 생각했다. 절대 직장에서 밀려나면 안 된다는 생각을 했다. 내 삶의 종지부를 찍는 것으로 생각했다.

그러나 비밀은 없었다. 부하 직원들이 결재해 달라고 가져온 서류가 안 보였다. 직원들은 의아해했다. 겉으로 보기엔 안 보인다는 생각을 할 수 없을 만큼 너무나 멀쩡한 눈이었다.

그러나 사고는 터지고 말았다. 간신히 출근하던 중 어느 날 계단에서 몸의 균형을 잃고 굴렀다. 아침 출근길 지하철 계단이었다. 정강이 뼈가 허옇게 드러났다. 피가 철철 흘렀다. 그러나 사람들은 저마다 바빴다. 빠르게 내 앞을 스쳐 지나갔다. 나는 우여곡절 끝에 택시를 타고 집으로 돌아왔다.

그날부터 길고 긴 투병이 다시 시작되었다.

투병

빗물 고인 병실 창문에서
아침 햇빛이 반짝거린다

참다못해 먹구름 녹아내리듯
내가 몽땅 흘려보낸 눈물이
종내엔 돌아와 창문을 적셨으니

빗소리를 외면한 새벽녘
지나치게 네 안이 건조했던 건
지극히 옳다

그러나 나는 오늘 스스로 젖기로 한다
불치의 빗줄기가 흘러 몸이 패이듯
골진 자리마다 강물이 흘러간 뒤
다시금 넓은 바닥이 되기로 한다

절망의 태풍이 휩쓸고 간
네 속에 뜨거운 사막을
갈증으로만 여기지 않겠다
어제와 같은 얼굴로
어둠이 창을 거푸 닫아도
나는 활짝 열어 놓기로 한다

내리내리 발목을 적실 슬픔처럼
한 치 앞을 알 수 없는 창밖에는
언제나 환한 아침이 뜬눈으로 있다

손수레 엄마

...

장기 치료에 들어간 나의 투병 생활은 단순하지 않았다. 가족도 함께 투병 생활을 겪게 되었다. 병원에서는 내가 호소하는 통증에 대해 진통제 외에 별다른 방법이 없다고 했다. 물론, 몇 차례 수술 뒤에 닥쳐온 통증이었다. 보이는 것은 진즉 포기했었다.

병명은 '혈염'이라고 했다. 이른바 '베췌트'라는 병명이다. 원인은 군 시절 특수 훈련 때 생긴 관절염, 디스크 등으로 추정했다. 그 외 원인이 있다고는 했으나 정확하게 규명된 것은 없다고 했다. 어차피, 보이는 것이 힘들다면 통증이라도 멈추게 해 달라고 나는 지속해서 요구했다.

그때쯤 병원에서 냉동 치료라는 방법을 제시했다. 방법인즉, 염증이 심한 눈을 통째로 얼려서 신경을 죽이는 방법이었다. 그 방법은 다른 문제를 고려해야 했다. 혹시 훗날 의학적으로 볼 방법이 생기더라도 완전히 포기해야 했다. 가족들의 고민이 깊어졌다.

그러나 나는 훗날보다 당장 죽을 것 같은 통증을 견디지 못했다. 결국, 냉동치료를 감행했다. 전신 마취가 아니었다. 부분 마취였다. 마취

주사를 눈동자에 놓고 의사가 내 눈을 마사지했다. 그리고 수술이 시작됐다. 차디찬 기운이 내 눈동자에 느껴졌다. 마취가 소용없었다. 차가운 기운이 얼굴과 머리로 번졌다. 호흡을 마음대로 쉴 수 없었다. 나는 침대에서 몸을 일으켰다. 도저히 못하겠다는 내 말에 의사는 수술을 멈췄다. 급속 냉동을 시킨 왼쪽 눈은 수술 이후 작아졌다. 얼었던 눈동자가 녹으며 생긴 현상이다.

지금은 그 치료 때문에 두 눈동자 크기가 다르다. 안압은 아직도 높다. 그러나 통증은 그때와 같지 않다. 많이 사그라졌다. 아니다. 통증이 지속해서 있으나 무뎌진 것이다. 그때까지도 다시는 볼 수 없다는 내용을 모르던 어머니는 그 수술이 시력을 되찾기 위한 수술인 줄 알았다. 그래서 수술 전에 의사를 찾아가 팔을 붙잡고 매달렸다. 늙은이 어미가 두 눈을 뽑아 줄 테니 우리 아들 보이게 해 달라고 매달리고 또 매달리며 울부짖었다.

어머니의 목소리를 곁에서 가만히 듣고 있는 내 마음은 찢어질 듯 아팠다. 다 틀렸으니 포기하라고 말씀을 드릴 수가 없었다. 이 수술은 통증만 사라지게 하는 수술이라고 알려 드릴 수 없었다. 어린 날 어머니의 고생이 떠올라 말할 수 없었다. 아버지의 그 긴 투병을 간호한 시간이 떠올라 말할 수 없었다. 나까지 이 못난 아들까지 고통을 드리고 있어서 그야말로 말할 수 없었다. 차라리 이즈음에서 내가 어머니 앞에서 사라지는 것이 좋겠다는 생각이 들었다.

그러나 죽음도 그리 쉬운 일이 아니었다. 답답하고 암담한 병원에서 퇴원하는 날이었다. 친척들이 우리 집에 찾아왔다. 저녁상이 차려지고 모두 둘러앉았다. 침묵이 흘렀다. 묵직한 그 고요를 깬 건 여동생이었다. 홀쩍홀쩍 눈물을 훔치는 소리가 들렸다. 여기저기에서 여동생을 따라 홀쩍이는 소리가 들렸다. 아무것도 모르는 세 살짜리 딸아이가 울먹거리며 내 품에 안겨 왔다. 나는 현실을 견딜 수 없었다. 입술을 깨물었다. 눈물을 참았다. 내가 무너지면 안 된다는 생각이 번쩍 들었다. 나는 숟가락을 들었다. 그리고 말했다. 재활할 것이다. 다시 일어설 것이다. 모두 걱정하지 말고 밥 먹자고 말했다.

그러나 그날 이후, 내 삶은 좀처럼 일어설 수 없었다. 나락으로 떨어지고 또 떨어지기를 거듭했다. 통장 잔액이 떨어지고 난방비가 떨어지고 떨어질 것들은 다 떨어지고 쌀마저 떨어지는 생활이 이어졌다. 그때쯤 나는 아내에게 이혼을 말했다. 감정적인 문제가 아니었다. 현실이었다. 한 사람의 미래가 나 때문에 망가지는 것을 견딜 수 없었다. 아내는 완강히 거부했다. 그러나 그 말이 나온 지 몇 해가 지나 우리는 서로 다른 길을 찾아야 했다. 미워하지 않기로 했다. 실패할 수도 있다.

그 후, 어찌어찌 딸아이와 나는 어머니와 함께 살게 되었다. 어머니는 정말 강했다. 강원도 시골에서 태어나 고향을 떠나 살아 본 날이 많지 않다. 인천은 공기부터 다른 곳이었다. 그러나 어머니는 적응이 빨랐다. 이유가 있었다. 두 눈을 잃은 둘째 아들을 위해 헌옷 폐지 빈 병을 모았다. 쉬지 않고 모았다. 아침 일찍 새벽 기도도 다녔다. 나를 위해 밤 늦도록 성경책도 읽었다. 나는 어머니 때문에 마음을 수시로 다잡았다. 간간이 일자리를 찾아 나섰다.

그러나 장애인에 대한 편견은 무서웠다. 벽은 두꺼웠다. 완전히 세상

과 격리되어 갔다. 간석동 산동네 지하방에서 나는 한동안 속수무책이
었다.

손수레 엄마

어설픈 희망으로 브레이크를 걸지 마세요
오늘 한 포대 주워 온 빈 소주병 같은
헌옷들을 줍습니다 다림질하듯
버려진 폐지를 다반사로 펼치고 묶습니다
언젠간 문앞에 쌓아 두었다가 소나기에 엉망이 된
축축한 종이상자를 닮은 살림을 꾸립니다
저녁이면 소금꽃 웃음으로 현관을 들어선 뒤
시커멓게 그을린 지하방 형광등을 갈아 끼우고
두부 한 모 넣은 냄비를 가스레인지에 올립니다
고물을 팔아서인지 흐물흐물한 채소와 양념이 된 색바랜 활자
들이
매콤한 향기로 피어오르는 찌개를 끓입니다
투병 중인 눈먼 아들 입꼬리가 올라가는
훈훈한 방바닥, 김 오르는 밥 한 끼 때문에
가끔은 밤에도 손수레를 끕니다
애당초 먼 훗날의 꿈과는 관계없는

생활입니다 깨진 병 조각에 손을 베인 상처가
아물 틈 없이 손등에 파인 주름 같은 골목을 뒤집니다
얼마 전에 쇳덩어리 싣고 고장이 난 손수레같이
우리 엄마는 등골이 휜 폭삭 늙은 할머니,
깊은 밤 쪼그라드는 몸을 둥글게 둥글게 말아
캄캄한 우주 속에서도 덜컹덜컹 바퀴를 굴리며
골골골 찌개를 끓이는 재활용 요리 전문가

우리 엄마는 스물네 시간 자전하는 지구입니다

화면낭독 프로그램

...

캄캄한 생을 뚫기 위해 새로운 방법을 모색해야 했다. 나는 발버둥 쳤다. 특공대 시절 외치던 구호를 속으로 부르짖었다.

"악이다. 깡이다."

나는 기어이 세상 속으로 걸어나갈 다짐에 다짐을 거듭했다. 이를 악물고 이력서를 썼다. 닥치는 대로 면접관을 만나러 갔다.

그러나 거절의 연속이었다. 비아냥도 따랐다. 동정도 따랐다. 의지와는 세상이 달랐다. 하루하루 지쳐 갔다. 그런 내 모습을 어머니는 묵묵히 지켜보았다. 나는 체력도 정신력도 완전히 바닥이 났다. 무기력증은 점점 더 심해졌다. 언제부터인가 골방에 처박혀 나오지 않았다. 가끔 지인들이 다녀갔으나 집 밖으로 나가지 않았다. 사람 만나는 것이 귀찮았다. 사람들의 시선도 부담스러웠다. 내 모습만 쳐다보는 것 같았다. 자괴감은 나를 더욱 고립시켰다.

그러던 어느 날이었다. 친구가 예고도 없이 찾아왔다. 무작정 나를 포장마차로 이끌었다. 나는 귀찮다고 했다. 그러나 친구는 힘으로 끌고 나갔다. 나중에 눈치챘다. 친구는 어머니의 전화를 받고 온 것이었다. 골방에서 어떻게든 아들을 나오게 하고 싶었던 것이다. 그랬다. 내가 친구에게 이끌려 골방에서 나오자 어머니는 기다렸다는 듯 내 방에 창문을 열었다. 이부자리를 걷었다. 켜켜이 쌓인 먼지를 털어 냈다.

막상 포장마차에 앉으니 술이 마시고 싶어졌다. 친구와 나는 술잔을 나누었다. 친구가 내게 퍼부었다. 나는 꼼짝없이 들었다. 분명히 내가 잘못하고 있는 것을 잘 아는 터였다. 항변할 수 없었다. 묵묵히 술잔만 비웠다. 친구는 그런 내 모습이 측은했는지 언성을 조금 낮추었다. 그러면서 약간은 주저하듯 제안을 했다. 시각장애인복지관에 다시 다니라는 것이었다. 장애가 없는 사람도 일자리를 구하기 힘든데 내 상황이 현실적으로 어렵다는 것이었다. 맞는 말이었다. 그렇다고 복지관에서 재활 훈련을 받겠다고 대답하지 못했다. 재활은 내가 원하는 직장생활과 거리가 멀었다.

그러나 내 귀를 쫑긋 세우게 만든 말이 있었다. 시각장애인들이 컴퓨터를 할 수 있다는 말이었다. 일명, 시각장애인용 컴퓨터 화면낭독 프로그램인데 그 교육도 무료로 해 준다는 것이었다. 생전 처음 들은 말이었다. 정말 그런 컴퓨터가 있을까에 대해 의심스럽기까지 했다. 그래도 속는 셈 치고 시각장애인용 컴퓨터를 만나 보기로 했다.

학창 시절부터 글쓰기를 좋아했었다. 신문사에 다니면서도 시를 간간히 썼다. 차곡차곡 써 온 글들도 많았다. 그러나 시각장애 이후, 쓸 방법이 없었다. 골방에 처박혀서 고민한 적이 있다. 직장은 도저히 가질 수 없으니 내가 좋아하는 글을 쓰자는 생각이었다. 그래서 점자를 배우기는 배웠다. 그러나 중도 실명이어서 도무지 속도가 나오지 않았다. 책 한 페이지를 읽는 동안 한두어 시간이 훌쩍 지났다. 그 속도로는 책 한 권 읽는 것이 힘들었다. 점자를 찍는 것도 너무나 힘들었다. 그래서일까? 친구 말이 반갑기 그지없었다.

다음 날이었다. 친구 도움을 받아 복지관을 찾아갔다. 그곳은 점자를 만든 송암 박두성 선생의 기념관이었다. 그 건물 내에서 점자도서관을 운영했고 교육을 그곳에서 한다는 것이었다.

지금이야 컴퓨터 운용체제가 윈도우지만, 그때는 MS DOS였다. 명령어를 익히고 플로피디스크를 이용했다. 그야말로 전설이 된 이야기이다. 그런데 교육을 받으며 내가 생각한 상상이 깨졌다. 시각장애인이 말하면 자동으로 돌아가는 컴퓨터인 줄 알았으나, 화면에 나오는 글씨를 읽어 주는 프로그램이 시각장애인용 컴퓨터 화면낭독 프로그램이었다. 아무려면 어떤가? 나는 새로운 세상과의 소통을 컴퓨터로 열어갔다.

정말 다행이었다. 두 눈을 잃기 전 나는 컴퓨터를 다뤘다. 예전에 본 컴퓨터 화면을 떠올려 가며 화면낭독 프로그램과 어떻게 호환하는지 머릿속으로 생각했다. 당연히 이해가 다른 시각장애인보다 빨랐다.

컴퓨터는 많은 정보를 제공해 주었다. 창작 활동의 문을 활짝 열어 주었다. 그 당시는 PC통신이었다. 전용선이 아니라, 텔레모드였다. 속도는 매우 느렸다. 그래도 눈이 안 보이는 내게는 엄청난 일이었다. 나는 천리안문단에서 시쓰기 모임을 했다. 골방에서 나와 많은 사람과 만났다.

시쓰기는 온종일 나를 들뜨게 했다. 속으로 속으로 쌓여 가던 불만도 시로 표현하고 나면 마음이 차분해졌다. 장애에 대한 트라우마 치유를 시쓰기를 통해 경험한 것이다. 친구는 내게 새로운 눈을 뜨게 한 고마운 은인이다. 그러나 친구는 대수롭지 않게 말한 것이라고 지금도 말한다. 스치듯 들은 말이어서 자신이 없는 정보였다는 것이다. 아무렴 어떤가. 진심으로 나를 위해 주는 친구가 여전히 내 곁에 있고 시각장애인 컴퓨터 화면낭독 프로그램은 내 시세계를 노래하고 있다.

빈칸

눈을 뜨고는 알 수 없는 말
단연코 들을 수 없는 말

시각장애인용 컴퓨터 화면낭독 프로그램 이야기다

꺼진 모니터에 펼쳐진 텍스트
검은 여백이 내어준
활자와 활자 사이
행과 행 사이

두 눈을 크게 떠도
아무리 두 눈을 부릅떠도
아무 흔적을 찾을 수 없는
캄캄한 그곳 그곳에서
울려 퍼지는
빈칸 혹은, 빈 줄이라는 말

비어 있어서 명백히
비어 있지 않다는 드넓은 소리
밤하늘에 빛나는 시공의 소리

언제나 꽉 찬 공명
먹먹하게 환한
저 빈칸 혹은, 빈 줄이라는 말

대한민국 최초 신춘문예 등단 시각장애 시인

...

컴퓨터 화면낭독 프로그램 교육을 마칠 즈음이었다. 그 소식을 들은 여동생이 컴퓨터를 선물로 사 주었다. 덕분에 나는 컴퓨터 화면낭독 프로그램으로 시를 다시 쓰기 시작했다.

무작정 썼다. 천리안문단 외에도 PC통신망을 통해 글쓰기 모임도 부지런히 참가했다. 많은 공부가 되었다. 하루도 쉬지 않았다. 그야말로 많은 작품이 쌓여 갔다. 글쓰기 회원들은 나를 부추겼다. 등단하라는 것이었다. 굳이 거기까지는 생각하지 않았다.

그냥, 시가 좋았다. 내 삶을 기록한 시가 좋았다. 죽음에서 나를 건져 올린 시가 좋았다. 장애를 딛고 갈 힘을 주는 시가 좋았다. 그러나 지인들은 지속해서 등단을 권유했다. 결국, 한번 도전해 보기로 했다. 내 작품들을 다시 꼼꼼히 읽어 보았다. 심각한 문제가 발생했다. 천편 일률적으로 넋두리였다. 칭찬은 시각장애인이 시를 쓴다는 것에 대한 격려였다는 생각이 들었다. 간혹, 좋은 시가 보이기는 했다. 그건 운이 좋았다는 생각이 밀려왔다.

나는 주저하지 않았다. 큰마음을 먹었다. 그동안 쓴 모든 시를 몽땅 버리기로 했다. 다시 쓰기로 했다. 천 편이면 무엇하나. 낙서였다. 하소연이었다. 투정이었다. 휴지조각이었다. 그래도 버리고 나니 허무했다. 그러나 잘한 일이었다. 조금 아주 조금씩 작품을 대하는 태도가 바뀌었다. 시를 쓰는 마음도 조금 아주 조금씩 달라졌다. 각오하고 한 1년을 골방에서 지냈다. 시만 썼다. 등단하기로 했으므로 그렇게 되겠다고 많은 지인에게 공포했으므로 열심히 썼다. 죽자사자 썼다. 미친 거 아니냐고 친구가 말했다. 후회 없이 쓰긴 쓴 것이 맞다.

와중에 작품성을 확인받고 싶었다. 공모에 응했다. 운이 따랐다. 응모 때마다 상을 탔다. 수상 소식은 어머니와 딸아이 그리고 친지들까지 기쁘게 했다. 상금도 주어졌다. 어머니는 글을 써서 돈이 나오냐는 말씀을 자주 하셨는데 진짜 돈이 나온다고 행복해하셨다. 그러나 진짜 목표는 쉽지 않았다. 신춘문예 등단은 대단히 어려웠다. 몇 해를 응모했으나 소식이 없었다.

그러던 중 2005년 부산일보 신춘문예에 등단했다. 장애인이어서 좋게 봐주는 시인이 아니라, 냉정하게 평가받는 시인이 된 것이다. 청탁이 들어왔고 강연 섭외가 들어왔다. 그렇다고 무진장 바쁜 것은 아니었다. 거부할 수 없는 일도 있었다. 다름 아닌, 시각장애인이 신춘문예를 통과한 것이 뉴스가 된 것이다. 일반적인 일은 아니어서 인터뷰 요청이 들어왔다. 기꺼이 응했다. 실명 초기였다면 아마 대단한 거부 반응을 보였을 것이다. 그러나 장애를 받아들이지 않으면 어쩌랴. 자신의 처지를 인정할 때 자신감은 붙는 것으로 생각했다.

EBS희망풍경 <어둠 속에서 빛을 발하다> 방영

계속 이어지는 인터뷰를 통해 새삼 느낀 것이 있다. 질문에 응하며 부족한 나를 발견한 것이다. 정말 열심히 공부해야겠다는 생각이 들었다. 특히, 원하지 않았지만, 어느새 시각장애인을 대표하여 말하는 것 같은 사명감이 생겼다. 밀려오는 여러 생각만큼 시는 쓸수록 어려웠다.

나는 다시 큰 결심을 했다. 대학교에 들어가기로 한 것이다. 문예창작학과 전공을 하고 싶었다. 늦깎이에다가 시각장애 때문에 가능할까 싶었으나 무사히 대학을 마쳤다. 강의 자료나 강의 때 읽을 책을 제때 읽지 못해 고생이 이만저만이 아니었다. 그래도 학우들이 돌아가며 나를 챙겨 주었다. 그들이 아니었다면 도저히 학업을 마칠 수 없었다. 읽어야 할 책은 분량을 나누어 타이핑해 주었고 이동이 필요할 땐 나를 학교까지 실어 날랐다. 세상이 정말 아름답게 느껴졌다. 대학을 다니며 새삼 사람과 사람의 관계가 가슴에 와 닿았다. 그들을 믿고 나는 계속 달렸다. 경희사이버대학교 동 대학원에 진학한 것이다.

대학도 그러했지만, 대학원 공부는 더욱 난감했다. 저마다 바쁜 생활 속에서 짬을 내어 공부하는 대학원 동기들이었다. 대학에서 조금은 익숙해진 탓이었을까? 그래도 나는 처지지 않고 잘 쫓아갔다. 대학원을 다니는 사이 나는 두 번째 시집을 세상에 내놓았다. 그 시집이 대한민국 우수도서로 선정이 되었다. 대학원을 수료한 후에는 한국작가회의 회원으로도 적극적으로 활동했다. 책으로 만났던 시인과 소설가들이 그곳에서 가까운 벗이 되었다. 문학을 논하고 각자의 생각을 나누고 때로는 경조사를 챙기며 도반들이 늘어 갔다.

내게 문학은 그렇게 새로운 하늘이었다. 눈부시게 열리는 아침이었다. 캄캄한 우주가 환해지는 열쇠였다.

하늘 아침

눈부시다는 말은
그 어떤 표현으로도 적절하지 않은
가슴 깊은 곳에서 솟구치는 아침을 닮았다

검붉은 활자들이 닫힌 하늘을 여는 동안
어둡고 긴 길은 지나치게 가파르고 험했다
많은 날을 맨몸으로 굳건히 아팠다
통증을 어루만져 주던 활자를 품고
나는 다시 첫 갈피에 새로운 글귀를 새긴다

시작은 늘 끝을 두려워하지 않았으므로
지난날은 점점이 이어진 커다란 원이다 언제나 제자리에서
뜨거운 궁극이다 눈물의 염도가 반짝거리는
해맑은 이슬의 소금이다 우뚝 선 솟대의 노래이다

하늘 가득 번지는 상상의 눈빛처럼
빛나는 활자의 발걸음은 멈춤 없이 먹구름을 지운다

급기야 오체투지의 문장과 문장 사이에서
줄탁의 날개 한 쌍이 활짝 펴진다

사시사철 숱한 해를 받아 읽는 새 한 마리
포근한 내일을 햇살 깃털로 흩어 놓을 때
이 땅에 가벼운 그러나 명백한 생의 노래는 커지고
캄캄한 하늘이 한바탕 눈부시다

아이가 아빠를 키운다

...

문학회에서 만난 도반들뿐만이 아니었다. 세상에 내놓은 시집을 통해 새로운 인연들이 늘어갔다. 작품에 대한 감상평과 응원의 글을 독자들이 보내왔다. 시집이 나오고 시각장애 내용이 독특해서 방송 섭외도 따랐다. 방송을 통해 다른 방송 출연이 더 늘었다. 방송 덕분에 오래전 끊어진 인연도 반갑게 만났다.

늘 불안해하시던 어머니는 사회생활에 바빠진 내 모습에 안심했다. 딸아이도 쑥쑥 잘 자랐다. 중도 실명 이후 닥쳐온 혼돈의 시간이 안정을 찾았다. 그래도 내 마음 한편에 자리한 걱정 하나는 좀처럼 사그라지지 않았다.

아빠가 장애인이어서 겪을 딸아이의 삶이었다. 혹시 학교에서 친구들에게 놀림은 받지 않을까? 엄마와 분리된 상처가 깊어지는 것은 아닐까? 내가 그토록 싫어하던 가난이 악영향을 끼치는 것은 아닐까? 딸아이를 생각하면 머릿속이 하얗게 되곤 했다.

그러나 정말 고마운 딸아이였다. 걱정은 기우였다. 몇 번의 고비를 넘

긴 후 매사에 씩씩했다. 밝았다. 삐뚤어지지 않았다. 할머니와 함께 살게 된 초기에는 적응이 힘들었는지 너무 어린 나이여서 그랬는지 대단히 힘들어했다. 그 무렵엔 나도 그랬다. 감당할 수 없는 현실을 부정하며 괴로워했다. 초등학교에 들어간 딸아이는 가끔 내게 엄마 이야기를 했다. 대단히 조심스러워했다.

나는 곰곰이 생각했다. 딸아이에게 자유롭게 엄마를 만나게 해 주고 싶었다. 나는 딸아이 엄마에게 전화를 했다. 그 후 딸아이는 제 엄마를 만나기 위해 자주 시외버스를 탔다. 방학 때면 외가에도 다니게 했다. 딸아이에게 상처를 만들면 안 될 것 같았다. 덕분인지 딸아이는 훌쩍 컸다. 성인이 되었다. 여전히 아빠와 사이가 좋다.

딸아이가 중학교에 입학할 무렵이었다. 딸아이는 혼자 양치질을 할 때부터 치약 뚜껑을 닫지 않았다. 뚜껑 열린 치약통 입구에는 늘 치약이 바싹 말라붙어 있었다. 그때마다 나는 딸아이에게 잔소리를 했다. 치약을 짜고 왜 뚜껑을 닫지 않느냐? 딸아이의 대답은 단순했다. 또 양치질할 건데 굳이 닫을 필요가 없다는 것이었다.

그런데 어느 날부터였다. 치약 뚜껑이 잘 닫혀 있었다. 학교와 학원에서 하루를 다 보내는 터이어서 딸아이가 집에서는 양치질하지 않는 줄 알았다. 당연히 그런 줄 알았다. 그런데 그게 아니었다. 분명히 딸아이가 양치질을 마치고 세면실에서 나왔는데, 치약 뚜껑이 잘 닫혀 있었다. 나는 양치질하며 돌이켜 생각했다. 딸아이는 언제부터인가 치약 뚜껑을 제대로 닫고 있었다. 내 잔소리 때문만은 아니었다. 딸아이는 컸다. 철이 들어 버린 것이다.

갑자기 가슴이 덜컹 내려앉았다. 내가 중학교에 다닐 무렵이었다. 부모님이 점점 작아져 보였다. 낯설게 느껴졌다. 무슨 말이든 한 번 더 생각하고 말을 걸었다. 될 수 있으면 혼자 해결하려 애를 썼다. 자연스럽게 부모님과 대화가 줄었다. 내가 성장하는 만큼 부모님이 점점 더 빨리 늙어 가시는 듯했다. 시간은 정말 빨랐다. 가난한 소작농 살림을 어떻게든 내가 일으키고 싶었다. 분기탱천한 나는 서둘러 군대를 다녀오고 사회인이 되었다. 그러나 사회생활은 암담했다. 내가 가야 할 길은 한참 멀기만 했다.

철이 든다는 것은 참 외롭고 아픈 일이었다. 열린 치약통 입구처럼 입술이 바싹바싹 말라 가는 일이었다. 중학생이 된 딸아이도 어느새 웬만한 일은 혼자 해결하려 했었다. 대견하다는 생각이 들었지만, 안타까웠다. 어차피, 철이 들면, 이별을 맞이할 일이다. 그러나 시간이 더디 가면 좋겠다는 생각이 들었다. 옥신각신 사소한 행복을 더 누리고 싶다는 생각이 들었다. 그래, 그때는 정돈하지 않는 어지러운 딸아이 방이 좋았다. 어쩔 수 없었다. 나는 잘 닫힌 치약 뚜껑을 슬그머니 열어 두고 화장실을 빠져나왔다.

그러나 내 바람은 잘 이루어지지 않았다. 그 후로 치약 뚜껑은 열려 있는 날보다 닫힌 날이 더 많았다. 고등학교 졸업할 때쯤에도 추억이 있었다. 아르바이트 중인 딸아이와 외식을 나섰다. 나는 일부러 흰 지팡이를 접은 채 딸아이와 팔짱을 끼고 걸었다. 발걸음마다 딸아이와 둘이서 살아낸 희로애락의 기억들이 또박또박 떠올랐다. 밥을 산다는 딸아이의 목소리와 씩씩한 발걸음도 고맙게 느껴졌다.

그 순간이었다. 딸아이가 갑자기, 발걸음을 우뚝 멈췄다. 나는 몸의 균형을 살짝 잃었다. 딸아이는 아랑곳없이 웃으며 말했다. 자기 종아리가 무진장 예뻐졌단다. 지나가는 사람들 종아리만 보인단다. 어안이 벙벙해진 나는 그저 딸아이 팔을 이끌었다. 그러나 딸아이는 걷던 발걸음을 자꾸 멈췄다. 그때마다 종아리를 내려다보며 키득키득 웃었다. 급기야 나는 딸아이에게 가던 길이나 빨리 가자고 나무랐다. 그런데도 싱글벙글 웃으며 걷는 딸아이를 따라 발걸음을 내디딜 때였다.

불현듯 내 고등학교 때가 떠올랐다. 그땐, 분명히 그랬다. 사람들 알통만 보였다. 그 때문에 아르바이트를 했다. 아령을 샀다. 부지런히 들었다. 그러나 알통은 좀처럼 나오지 않았다. 팔만 아팠다. 그래도 운동을 멈추지 않았다. 어느 날이었다. 우연히 거울을 보았다. 가슴과 팔에 근육이 붙었다. 기쁜 만큼 자신감이 생겼다. 운동 시간이 자연스럽게 늘었다. 내 알통은 청년기 내내 수시로 막는 좌절을 뚫게 했다.

이번에는 내가 발걸음을 우뚝 멈췄다. 슬그머니 팔을 만져 보았다. 이미 오래전에 알통은 다 풀려 버렸다. 갑자기 벌인 내 행동이 이상하다는 듯 딸아이가 왜 그러시냐고 물었다. 나는 대답 대신 딸아이 종아리 쪽으로 시선을 던졌다. 비록 안 보이는 두 눈이지만 분명히 보였다. 날씬하고 탱탱한 종아리가 보였다. 어느새 성년이 된 딸아이의 건강한 발걸음이 보였다. 느닷없이 두 눈을 잃은 아빠의 길을 환히 밝혀 주는 경쾌한 발걸음이 보였다. 세상 속으로 당당히 걸어 들어가는 싱싱한 발걸음이 보였다. 딸아이의 맑은 미래가 보였다.

아빠를 키워 온 딸아이의 지난 시간이 보였다.

아이가 아빠를 키운다

아빠 식사하세요
밥때만 되면
아이의 목소리 들린다

자식이라고는 단 하나
고작, 초등학교 3학년
생일이 빨라서 3학년이지
이제 아홉 살짜리다

밥상에 앉으면
이건 김치, 빨개요
요건 된장찌개, 뜨거워요
두 눈이 안 보이는 아빠를 위해
제 입에 밥알이 어찌 되든지 말든지
오른쪽에 뭐 왼쪽에 뭐
아이의 입은 바쁘다

요란한 밥상이 물러나면
커피는 두 스푼
설탕은 한 스푼 반
크림은 우유가 좋다며
책상 앞에 앉아 있는 내게
깡충깡충 커피를 가져다 준다

아홉 살짜리 아이가
아빠를 키운다

버려진 기타

...

사람이 살면서 어찌 아름다운 추억만 있겠는가. 어여쁜 딸아이와 나에게도 위기가 있었다. 딸아이는 고등학교에 이르도록 지하방에서 지냈다. 여름엔 덥고 습했으며 겨울에는 춥고 건조했다. 몸이 힘들 때마다 크고 작은 고비가 있었다. 그래도 다행이었다. 가족애는 점점 단단해져 갔다.

그러나 사춘기는 누구나 겪는 것이었던가. 역시, 딸아이에게도 사춘기가 밀려 왔다. 심한 갈등이 있었다. 도무지 내 말이 안 통했다. 딸아이의 말도 내게 제대로 들리지 않았다. 그래도 길지 않았다. 지혜롭게 잘 지나온 것 같다. 스무 살이 훌쩍 넘은 지금은 비교적 잘 통한다. 고마운 일이다. 고등학교 때인가. 언젠가 딸아이에게 기타를 선물로 사주었다. 다른 악기도 많은데 하필 왜 기타일까? 그 이유가 있다.

딸아이가 중학교에 다닐 때였다. 어느 날 어머니가 기타 한 대를 가지고 집으로 들어섰다. 고등학교 때 내가 기타 치던 모습이 생각난다고 아, 글쎄! 누가 쓰레기장에 버린 것을 주워 온 것이었다. 기가 막힌

시를 쓰다가 잠시 기타를 치는 모습

일이었다. 그래도 아들 생각해서 주워 온 것이니 일단 한 번 쳐 보기로 했다. 그러면 그렇지. 기타줄 하나가 끊어지고 없었다. 워낙 오래된 기타였다. 줄도 많이 뜨고 부분 파손이 되어 있었다.

하지만, 깨끗이 닦아서 보관했다. 그리고 친구에게 기타줄을 사 오라고 부탁했다. 그때부터 나는 다시 기타를 치기 시작했다. 고등학교 때 그룹사운드 활동을 한 기억이 새록새록 떠올랐다. 그러나 워낙 오랜만에 치는 기타여서 좀처럼 맑은소리가 나지 않았다. 시를 쓰다가 잠시 기타를 치고 기타를 치다가 시를 쓰며 몇 개월이 흘렀다. 기타 소리가 조금씩 제소리를 내기 시작했다.

뜻이 있으면 길이 열린다 했던가. 그 낡은 기타로 옛날 실력을 회복할 때쯤 새 기타 한 대가 생겼다. 음악을 하는 친구가 선물로 준 것이다. 어머니는 진정 위대한 분이다. 버려진 기타를 주워 오신 뒤 나는 새로운 삶을 연주하기 시작했다. 지금은 기타가 내 재산 목록 1호다. 외출을 다녀오면, 제일 먼저 침대 머리맡에 모셔 둔다. 향후 음반을 내고 싶은 생각도 있다. 연습을 부지런히 하고 있다.

어머니가 기타를 주워 온 사건 이후, 기타와 한 몸이 된 계기가 또 있다. 첫 번째 시집을 낸 후 어느 날이었다. 문학회에 초대 시인으로 초청을 받았다. 그날 자작시를 낭송하게 되었다. 마침 출연자 한 분이 기타를 가지고 왔는데 자청해서 기타를 치며 노래 한 곡을 불렀다. 의외였다. 반응이 좋았다. 그날이었다. 나는 통기타 시인이라는 별명을 얻었다. 그때부터였던가. 기타는 자연스럽게 나와 한 몸이 되었다. 외출 때마다 기타는 내 등뼈가 되어 갔고 나는 점점 아티스트가 되어 갔다.

평소에도 기타를 메고 다니니까 노래를 불러 달라는 요청이 간혹 있다. 나는 웬만하면, 거절하지 않는다. 자신만만하게 부른다. 그러면, 꼭 앵콜을 외쳐 준다. 모두 고마운 사람들이다.

캄캄한 삶을 응원하는 박수를 받으며 연주와 노래는 점점 늘어 가고 있다. 노래와 연주 실력이 늘어 가는 만큼 문학 초청 강연도 많아졌다. 강연 형식도 달라졌다. 종전에 강의만 하던 형식에서 기타 연주와 노래를 덧붙였다. 반응이 매우 좋다. 덕분에 강사로서 자리를 굳혀 가고 있다. 이만하면, 기타가 어찌 재산 목록 1호가 아니겠는가? 어찌 한 몸이 아니겠는가?

버려진 기타

언제부터였을까?
구석에 처박혀 쌓인 먼지
걸레로 박박 문지르고
녹슨 조임새를 닦은 뒤
간신히 조율을 마치고 부르는
거친 벌판으로 달려가자, 젊음에 태양을 마시자,
노래 한 소절이 끝나기도 전
팽팽히 당긴 기타줄이 풀리고
보석보다 찬란한 무지개의 행방이 묘연한데
눈먼 걸음, 내 흰 지팡이 관절뼈 같은

삐걱대는 조임새만 고치면 될까?

기타를 이곳저곳 더듬고 두드려 보니

품고 있던 맑은소리가 새어나간

울림통 뒷면 틈이 너무 크다

한때는 팽팽히 빛나던 선율

이제는 녹슬고 풀려 버린 엇박자

너와 나의 노래는 끝난 것일까?

대뜸, 너를 주워 온 쓰레기장이 떠오르지만

나는 꼬옥 끌어안고 일어서지 못한다

울림통에서 새어나간 맑은소리처럼

내 두 눈동자에는 돌아올 수 없는 빛이어서

우리의 불협화음이 그냥, 노래가 될 때까지

너를 똑 닮은 나를 버리지 못한다

반시각 패권주의자

...

기타를 연주하며 느낀다. 시를 암송하며 느낀다. 시와 노래가 내 삶의 중심이다. 버려진 기타와 다시 만나 **새로운 눈을 뜬 것이다. 시각을** 뺀 나머지 감각이 내 삶을 이끌고 있다. **손끝으로 짚는 기타줄은 세상**을 느끼는 촉각이다. 노래하는 목소리는 **세상에 전하는 청각이다. 시와** 노래가 번지는 강연장은 생생한 내 삶의 기운을 선사하는 공간이다.

시를 쓸 때나 공연을 할 때나 좋은 기운이 생긴다. **부정적인 생각을** 지우는 마음이 생긴다. 두 눈을 잃고 새로운 능력이 생겼다. 나는 목소리만 들어도 그 사람의 얼굴을 알 수 있다. 특별한 능력이 아니다. 누구나 가진 능력이다. 볼 수 있는 감각은 시각뿐만이 아니다. 맞잡은 손에서 그 사람을 알 수 있는 감각이 촉각이다. 그 사람이 즐기는 음식에서 그 사람의 가족을 읽을 수 있는 감각이 미각이다. 그 **사람이 쓰**는 향수에서 그 사람의 성격을 읽을 수 있는 감각이 후각이다. 그 외에도 다른 감각이 무수히 많다. 사람의 몸에는 그야말로 엄청난 감각들이 존재한다. 그래서 감각을 오감으로 규정할 수 없다.

나는 보이지 않아도 형체를 인식한다. 시력이 없는 내가 만난 사람들이 꿈속에 종종 나타난다. 선명한 모습으로 나타난다. 이해할 수 없는 말일 것이다.

그러나 시각장애인들은 시각을 뺀 나머지 감각이 발달하게 된다. 특히, 청각과 촉각이 매우 발달하게 된다. 서른 초반에 실명한 나의 강력한 체험이다. 처음 만난 사람과 인사를 나누기 위해 악수를 할 때가 있다. 짧은 순간이다. 그러나 나는 그 순간, 많은 정보를 얻을 수 있다. 손은 그 사람의 역사이다. 손을 한 번만 잡아도 알 수 있다. 성격과 나에 대한 마음을 알 수 있다. 상상력으로 얼굴을 알 수 있는 것과 같은 현상이다. 물론, 오류일 가능성이 대단히 크다. 그러나 감각의 오류는 시각도 마찬가지이다.

여기서 잠깐, 짚고 갈 내용이 있다. 감각의 오류를 비관할 필요가 없다. 때로는 오류가 우리를 행복하게 한다. 상상의 나래를 활짝 펴게 한다. 위대한 예술을 낳기도 한다. 그 하나의 예가 있다. 어느 날, 피카소의 친구가 말했다. 너는 왜 동그란 컵을 타원형으로 그리느냐? 친구의 말은 옳았다. 피카소가 눈으로 보았을 때 컵은 분명히 동그란 모양이었다. 그런데 자기가 그린 그림은 그 모양과 다른 컵이었다. 피카소는 그날부터 고민에 빠졌다. 얼마간의 고민을 마친 피카소는 결국, 원근법을 버렸다고 한다. 소실점을 버렸다고 한다. 그림은 당연히 괴이한 그림이 되었다. 보이는 그대로 옮긴 그림이 그림으로 보이지 않았다. 숱한 논란을 낳은 피카소의 그림들은 당시 외면당했다. 그러나 피카소가 세상을 떠난 뒤 찬사가 쏟아졌다. 물론, 지금도 호불호가 갈리는 것이 사실이다. 피카소의 그림에 대한 사람들의 생각이 다양한 것이다. 굳이, 그림에 평가를 따지자는 것이 아니다.

　나는 다양한 의견들을 주목하고 싶다. 서로 다르다고 해서 틀렸다고 간단히 정의할 수 있을까? 사람들은 저마다 인식할 수 있는 감각의 작동 방식이 다르다. 그야말로 다양한 감각이 존재하는 것이다. 이즘에서 완강한 농담 한마디를 던지고 싶다. 백 번 듣는 것이 한 번 보는 것만 못하다는 말은 낡은 말이다. 감각에 대한 결정적인 편견이다. 꼭 두 눈으로 보아야 믿을 수 있는 것만 있는 것이 아니다.

　바람은 보이지 않는다. 소리도 보이지 않는다. 그러나 엄연히 존재하는 세상 속 풍경이다. 시각은 영상미디어 발달 속도만큼 이미 강력한 권력이 되었다. 현란한 화면 속에 다양한 감각을 가둬 버린다. 화면은 순식간에 바뀐다. 다른 감각이 열릴 틈을 주지 않는다. 타자를 염려할 짧은 여유를 주지 않는다. 공동체를 무너뜨린다. 혼자이게 만든다. 이웃의 고통과 동참할 수 없게 만든다. 풍부한 감정을 고립시킨다. 빠르게 소멸시킨다.

　시각 패권주의 속에서 소멸하는 감각들을 어떻게 살려낼 것인가? 이것이 내가 펼쳐 갈 문학의 화두이다. 중도 실명 이후 자연스럽게 반시각 패권주의자가 된 것이다. 강연 때 간혹, 도대체 어떻게 글을 쓰는가? 라는 질문을 받곤 한다. 그때마다 나는 내가 체험한 이야기를 들려준다. 글을 쓰기 위해 점자를 익혔다. 그러나 중도 실명이어서 매우 힘들었다. 속도가 좀처럼 붙지 않았다. 그래서 다른 방법을 모색했다. 이 정도 이야기쯤에서 사람들은 내게 다시 질문을 던진다. 시각장애인용 글

화면낭독프로그램을 사용하는 모습

쓰기 장비가 있을 것으로 생각하는데 그 장비가 무엇인가요? 바야흐로 과학 발달에 따른 특수 장비가 당연히 있을 것으로 판단한 질문이다. 이해가 된다. 나도 그렇게 생각했었기 때문이다.

그러나 일반 컴퓨터를 쓴다. 다만, 화면에 나타난 활자를 읽어 주는 화면낭독 프로그램이 있다. 독서도 텍스트 파일로 읽는다. 가까운 지인들에게 읽고 싶은 책이 생길 때 타자 도움을 받는다. 화면낭독 프로그램도 절반은 장애이다. 그림은 읽지 못하기 때문이다. 이 정도 이야기를 들을 때쯤에는 관객들이 탄성을 지른다. 대단하다는 칭찬이 따른다.

그러나 시각장애인이어서 대단한 것이 아니다. 내게 시각장애는 결코, 넘어설 벽이 아니다. 문학의 걸림돌이 아니다. 나는 귓가에 들리는 환한 풍경을 믿기 때문이다. 손가락 끝에 박힌 눈을 믿기 때문이다. 혀끝에서 느껴지는 그 옛날 고향의 맛을 믿기 때문이다. 바람의 냄새가 나를 멀리 데려갈 수 있다고 믿기 때문이다. 오감 이외에도 무수히 존재하는 뛰어난 감각을 믿기 때문이다. 내가 아직 느끼지 못한 드넓은 그 세계를 믿기 때문이다. 편견이 사라진 감각 공동체가 우리가 만들어야 할 아름다운 미래라고 믿기 때문이다.

이와 같은 감각들에 대한 믿음을 나는 두 번째 시집에 실었다. 많이 부족함을 안다. 더 나아가기 위해 다짐 삼은 시집이 바로, 『나는 열 개의 눈동자를 가졌다』라는 시집이다.

나는 열 개의 눈동자를 가졌다

직접 보지 않으면
믿지 않고 살아왔다

시력을 잃어버린 순간까지
두 눈동자를 굴렸다

눈동자는 쪼그라들어 가고
부딪히고 넘어질 때마다
두 손으로
바닥을 더듬었는데

짓무른 손가락 끝에서
뜬금없이 열리는
눈동자

그즈음 나는
확인하지 않아도 믿는
여유를 배웠다

스치기만 하여도 환해지는
열 개의 눈동자를 떴다

내 커피의 농도는 15도

...

　지인들이나 문학회 회원들이 집에 올 때가 있다. 담소를 나누기 위해 따뜻한 차를 내놓는다. 뜨거운 물을 다루는 일은 내게 자연스러운 일이다. 그러나 사람들은 안 보이는 내 두 눈 때문에 매우 불안한 모양이다. 그래서 나는 일부러 깊숙이 보관한 예쁜 커피잔 세트를 내놓는다. 평소에 혼자 차를 마실 땐 쓰지 않는 커피잔이다. 그러니까 손님에게 커피 받침대를 갖추는 능력을 발휘하는 모습을 선보이는 것이다.

　그러나 사실 나는 정작 커피 받침대가 불편할 때가 있다. 내가 다른 곳에 찾아가 손님이 될 때이다. 커피 받침대에서 잔을 들어올린 뒤 커피잔을 다시 받침대에 내려놓을 때 나는 몹시 난감하다. 보이지 않는 두 눈 때문에 받침대의 정중앙을 알 수가 없다. 어쩔 수 없이 한 손으로 바닥을 더듬거리며 내려놓는다. 그때 균형 잃은 잔이 받침대에 부딪히는 소리가 날카롭게 내 달팽이관을 파고든다. 문제는 한 번이 아니다. 뜨거운 커피를 어떻게 한 모금에 비울 수 있는가. 계속 들고 있자니, 달아오른 잔에 닿은 손이 뜨겁다. 균형을 잃을까 봐 힘을 잔뜩 준 손가락이 불편하다. 어쩔 수 없이 다시 내려놓아야 한다. 영 자신이 없을 땐 받침대를 은근히 옆으로 치우고 바닥에 내려놓는다.

그런데 내 사정을 모르는 이들은 다시 받침대 위에 내 잔을 조용히 올려놓는다. 이쯤 되면 차 마시는 일이 중노동이 된다.

한번은 어르신과 독대한 어려운 자리였다. 너무 뜨거운 나머지 잔을 내려놓다가 쏟은 적이 있다. 차마 받침대를 빼 달라고 말씀드릴 수 없었다. 그러나 말을 해야 했다. 반드시 받침대가 없는 잔을 달라고 말을 해야 했다. 커피잔이 쓰러지기 전에 말이다. 쏟아진 커피가 어르신 바지를 적시기 전에 말이다.

내가 두 눈을 잃어갈 때 잔을 쏟은 일이 다반사다. 그 모습을 본 가까운 지인들이 있다. 그들은 내 모습을 보며 여전히 불안해한다. 그래서 그들은 세트로 된 커피잔을 내게 권하지 않는다. 그 커피잔은 대부분 손잡이가 작다. 깊이도 얕다. 차 마시기 참 불편하다. 그래서 쏟지 않을 안전한 잔을 생각하다 보니 내 커피잔은 커다란 머그잔이 되었다. 진하게 먹던 커피 취향도 완전히 변했다. 설탕도 크림도 넣지 않는 연한 커피다. 어느 자리든 차를 마실 때마다 나는 머그잔을 요구한다.

그 탓에 요즘은 머그잔을 무진장 좋아하는 사람으로 알려졌다. 이건 또 하나의 새로운 오해이다. 실용을 위해 선택한 머그잔이 만든 오해인 것이다.

어쩌겠는가. 모든 오해가 그리 기분 나쁜 일만은 아니다. 내 머그잔에 대한 따뜻한 관심이 점점 더 늘어 간다. 사람과 사람 속에서 구수한 향기를 뿜는 숭늉이 되어 간다.

팬이 선물한 작품 <커피로 그린 손병걸 시인>

얼마 전, 실제 있었던 일이다.

나의 머그잔 예찬론을 늘어놓을 때였다.

"혼자 있을 때 커피를 어떻게 타세요?"

라는 질문을 받았다.

그때, 나는 그분께 이렇게 대답해 드렸다.

"걱정하지 않아도 됩니다. 내가 개발한 방법이 있습니다. 내 커피의 적당한 농도는 15도인데요. 15도는 물의 온도가 아닙니다. 팔팔 끓는 물을 잔에 한가득 받은 뒤 싱크대에서 천천히 기울이는 잔의 각도입니다. 이게 도대체 무슨 말인고 하니. 보편적인 방식은 티스푼으로 커피를 잔에 담고 뜨거운 물을 붓는 법이죠. 그러나 나는 부어지는 물의 양을 볼 수 없는 시각장애인이어서 싱크대에서 잔에 물을 먼저 붓습니다. 수평을 잡은 잔에서 물이 넘치면 천천히 잔을 기울이기 시작하는 겁니다. 잔에서 싱크대로 떨어지는 물소리를 들으며 기울어진 각도가 15도쯤에서 나는 물 붓기를 멈추죠. 그다음 얼른 수평을 잡은 잔을 테이블에 놓고 다른 손에 든 커피포트를 제자리에 놓은 뒤 커피 한 스푼을 잔에 넣습니다. 티스푼을 오른쪽으로 젓든 왼쪽으로 젓든 커피 녹는 것은 마찬가지겠죠. 간혹, 진한 커피를 마시고 싶을 땐 잔에 물이 적게 남도록 잔을 더 기울이면 됩니다. 펄펄 끓는 뜨거운 물에 손가락 하나 데이지 않고 나는 매일 커피를 끓여 먹습니다. 이게 단순한 기술 같지만, 두 눈 잃고 무수히 손을 데며 터득한 나만의 커피 타는 법입니다. 어디가 아프면 그곳이 내 몸에 있음을 알게 되죠. 이가 아프면 온 신경이 이로 가죠. 손톱 밑에 가시가 박혀도 오직 손톱 밑으로 신경이 몰리죠. 커피를 끓이며 어느 날 내 삶을 돌아본 일이 있었답니다. 커피포트에 전원을 켰습니다. 물이 끓는 소리가 났죠. 짧은 시간이었습니다. 내 생이 통째로 끓어오르는 것 같았습니다. 그러나 곧 커피포트의 전원은 저절로 꺼지더군요. 그래서 식어 가는 내 몸에 전원을 켰습니다."

물이 끓는 시간

틈이란 틈을 다 비집고 날아오르는
커피포트 속 물소리처럼
모든 날갯짓은 다 뜨거운 걸까

시력을 잃고 엎질러진 물처럼
내 생이 밑바닥 밑바닥으로 스미는 동안
오래전 몸속에서 식은 시간이 끓어오른다

가벼움과 무거움은 하늘과 땅 사이
그 사이로 스산한 바람이 불고
투명한 벽은 점점 더 두께를 키웠을까

뜨겁고 서늘함이 한바탕 뒤엉키며
고인 시간이 비등점에 이를 즈음

커다란 날개 한 쌍이 활짝 퍼진다

적절한 온도의 바람이 불고
모든 틈이 사라진 여기가 바로
내가 간절히 원한 절정
그러나 지금은 잠시
펼쳐진 날개를 접어야 할 때

커피포트의 전원을 끄고
벌어진 생각을 메우듯
스물네 시간 쉬지 않을 내 몸에 전원을 켠다

통증을 켜다

...

몸에 전원을 켠다는 말은 내 몸에 감각을 켜는 것과 같다. 켜진 감각 이 감각한다는 것은 살아 있다는 증거이다. 우리 눈에 보이는 색은 사 실 그 물질이 가장 싫어하는 색을 뿜어내는 것이다. 말하자면, 물질이 빛을 받아서 가장 크게 느끼는 통증이 그 물질의 색깔이다.

나는 분명 시각장애인이다. 눈이 전혀 안 보이는 전맹 시각장애인이 다. 그러나 역설적이게도 가장 잘 보이는 시각장애인이다. 온몸의 감 각으로 세상을 본다. 온몸에 통증으로 세상을 본다. 통증은 부정적이 지 않다 긍정적이다. 내게는 시각장애가 삶의 장애가 될 수 없다는 말 이다.

흔히, 예술은 콤플렉스의 결과라는 말이 있다. 그 말은 예술을 장애 와 비장애로 나눌 수 없다는 말과 같다. 내게 시각이라는 감각이 떠나 고 다른 감각들이 강화되었다. 시각이 패권으로 작용하면 곤란하다. 한 시절이 떠나고 다른 시절이 저기 앞에 펼쳐져 있다. 나는 멈추지 않 을 것이다. 한 글자 한 글자 새로운 세계로 걸어갈 것이다. 어두워도 좋다. 푸른 하늘에 갑자기, 먹구름이 덮여도 별들이 뜰 것이다. 어둡지 않으면 별빛은 사라진다.

어둠과 빛은 옳고 그름이 아니다. 부정과 긍정이 아니다. 흑백의 논리에 동원될 강함과 약함이 아니다. 빛과 어둠은 그냥, 존재하는 것이다. 스스로 숨을 쉬는 생생한 삶이다. 지금 이 순간에도 별똥별 하나가 어둠을 향해 미끄러질 것이다. 한 번도 본 적이 없는 달의 뒷면에서도 별은 빛날 것이다. 눈앞에 보이지 않는 이면 거기 내 환한 문학의 세계와 내 어두운 삶이 있다. 아름다운 내 과거와 미래가 한통속으로 있다. 내가 켠 통증이 있다. 내가 켠 캄캄한 아침이 있다. 언제나 거기에서 끝과 함께 시작이 있다. 한 점 한 점 찍는 점자의 발걸음이 있다. 매 순간 궁극인 새 생명이 있다. 아기 울음 벅찬 사랑이 있다. 와글와글 별빛이 흘러가는 은하수가 있다. 한 번도 만나지 못한 문학이 있다. 갓 태어난 나와 지금까지 걸어온 내가 서로 부둥켜안은 사랑이 있다.

시간은 본디 끊을 수 없다. 생명은 본디 차별할 수 없다. 점자지에 점처럼 별빛은 빛나는 것이다. 점점이 빛나는 점자들이 곧 우주인 것이다.

점편

새파란 하늘에 어둠이 번져갈 무렵
몹시 그리운 한 사랑을 떠올리며
나는 다시금 점편을 잡는다

꺼진 별들 뒤에 감춘 통증을 켜야
별똥별 점자는 멀리 빛나는 것
이것이 시력 없는 내 생활의 활자이다

빈틈없이 어둠 물든 하늘도화지에
작은 별빛 점자 하나를 찍는다

와글와글 모여든 별빛이 흘러가면
비로소 먼 바다에 해가 솟듯
꺼진 별들을 켜는 내 문장은
명백한 실존이다 농도 짙은 기록이다

샹들리에 별빛 켜진 하늘길을 향해
어젯밤 내내 못다 걸은 발소리를
재빨리 마저 찍는다

어두워도 어둡지 않은 새벽달 뒷면
웅크리고 있던 사랑이 기지개를 켜며
한 번도 열리지 않았던 아침

어여쁜 얼굴 한 장이 밝아 온다

끝과 시작은 한 지점이다

...

조금은 빠르다는 생각에 망설였던 자전적 글을 마치며 다시금 돌아본다. 서른 초반에 나는 시력을 잃었다. 사방이 캄캄해졌다. 중심을 잃고 넘어졌다. 좀처럼 일어설 수 없었다. 골방에 갇혀 버렸다. 미래가 없었다. 칼로 팔목을 그었다. 피가 솟구쳤다. 구급차 사이렌 소리가 들렸다.

생의 끝은 쉽지 않았다. 다시 골방에 처박혔다. 그저 숨만 쉴 뿐이었다. 무기력한 시간이 먹먹하게 흘렀다. 살아 있음이 참담했다. 달리 방법이 없었다. 힘겨운 날들이 켜켜이 쌓여 갔다.

이대로 생을 끝낼 수는 없었다. 바닥을 더듬었다. 벽을 짚고 일어났다. 흰 지팡이를 움켜쥐었다. 길은 낯설었다. 그러나 멈춤 없이 걸었다. 세상은 온통 턱이었다. 넘어지기를 반복했다. 그때마다 깨지고 터진 상처가 늘어 갔다.

그러던 어느 날이었다. 손가락 끝에서 눈동자가 열렸다. 촉각이 그토록 환한 감각인지 몰랐다. 캄캄한 생활이 반짝 켜졌다. 섬세한 소리와 함께 빛이 몸속으로 쏟아져 들어왔다. 짜릿한 감동이 곳곳에 번졌다.

쪼그리고 앉아 무수히 코가 깨진 신발을 만져 보았다. 신발 끝에서 그동안 열려 있던 길들이 눈부셨다. 손끝과 발끝이 활짝 열리자, 세상이 섬세하게 들렸다. 보인다는 것은 꼭 보인다는 뜻이 아니었다. 온몸의 감각을 연다는 것이었다. 모든 것을 받아 앉고 느낀다는 것이었다.

세상의 모든 끝은 끝이 아니었다. 그 지점이 바로, 시작이었다. 생의 궁극을 찾기 위해 밤새도록 달려간 땅끝마을 해남에 다다라서야 알았다. 떠오르는 해를 온몸으로 느끼며 비로소 알았다. 지구는 명백히 둥글었다. 모든 생의 궁극은 내가 서 있는 그 자리가 궁극이었다.

지금도 땅끝 바다에는 어둠이 걷히고 있을 것이다. 아침이 열리고 있을 것이다. 새로운 미래가 펼쳐지고 있을 것이다. 모든 발걸음은 원안에 머문 스텝이 맞다. 점과 점으로 이어진 하나의 길이 맞다. 나눌 수 없는 하나의 길이 맞다. 내 손끝이 그러했다. 내 발끝이 그러했다. 세상의 모든 생의 끝과 시작은 하나의 점이었다.

언제든지 끝이라고 생각되면 돌아서서 걸을 일이다. 뚜벅뚜벅 걸을 일이다. 단 한 걸음도 시작이다. 흰 지팡이를 다시 손에 쥔다. 한 발짝 한 발짝 간신히 내딛는 발걸음을 뚝뚝 끊는 유도블록을 만날 것이다. 연거푸 발목을 턱턱 거는 턱들을 만날 것이다. 캄캄한 벽 앞에서 한계를 느낄 때마다 나는 오히려 한 번씩 더 기뻐할 것이다. 삶은 언제나 없는 길을 만들어야 하듯 발자국이 없는 쪽으로 발끝을 향하고 내딛는 발걸음 발걸음이 비로소 나의 길이 될 것이다. 자유가 될 것이다.

뙤약볕 아래 어둠을 뚫듯 언제나 철저히 혼자이어도 괜찮다. 그래서 더욱더 분명해지는 나의 길을 걸을 것이다. 지금 당장 다시 한 번 한 걸

제31회 시인의 날 행사에서

음 한 걸음을 내딛자. 모든 탄생이 단 한 번뿐인 죽음을 한순간도 멈
춤 없이 완성해 가듯…….

완전한 아침

죽자사자
밤새 달려간 땅끝 바다

어둑어둑한 수평선에서
시뻘건 해가 불쑥 솟아오르자

궁극이다 두루뭉술 부풀어 오른
엄마의 배를 닮은
적나라한 궁극이다

모든 생의 끝과 시작이
다른 말, 같은 의미이려니

더는 궁싯거릴 수 없다

어둠 속에서도 햇빛은 있고
얼마든지 있고

누구나 그 자리에서
아기 울음 벅찬 아침은 온다

땅끝 바다에서

| 주요 경력 |

법무부 청소년보호관찰소, 안양교도소 선도위원
청소년 대상 장애인 인식 개선, 삼산사회종합복지관 문학동아리 강사
문화체육관광부 장애인문학부 자문위원, 한국작가회의, 한국장애예술인협회 회원 외.

| 학력 |

경희사이버대학교 미디어문예창작학과 졸업
경희사이버대학원 미디어문예창작학과 석사 수료

| 수상 |

2003년 솟대문학 시 부문 3회 추천 완료
2005년 부산일보 신춘문예 시 부문 등단
2006년 구상솟대문학상 대상 수상
대한민국장애인문학상, 청민문학상, 대한민국장애인문화예술대상 국무총리상 수상
시집 『나는 열 개의 눈동자를 가졌다』 대한민국 우수문학도서 선정
건양병원 김안과 주최 '마음으로 보는 세상' 문학상
대한민국장애인음악제 작시 대상
2013년 중봉조헌문학상 대상 수상 외.

| 저서 |

시집 『푸른 신호등』 (문학마루)
시집 『나는 열 개의 눈동자를 가졌다』 (애지)
시집 『통증을 켜다』 (삶이 보이는 창)
공저 『증폭』
공저 『오지 않는 편지』 외 다수.